행복해지고 싶은 날

팬케이크를 굽는다

행복해지고 싶은 날
팬케이크를 굽는다

펴낸날   초판 1쇄 2016년 7월 5일

지은이   최지안
펴낸이   서용순
펴낸곳   이지출판

출판등록   1997년 9월 10일 제300-2005-156호
주 소   03131 서울시 종로구 율곡로6길 36 월드오피스텔 903호
대표전화   02-743-7661 팩스 02-743-7621
이메일   easy7661@naver.com
디자인   박성현
인 쇄   (주)꽃피는청춘

값 13,000원

ISBN 979-11-5555-045-8 03810

이 도서의 국립중앙도서관 출판예정도서목록(CIP)은 서지정보유통지원시스템 홈페이지
(http://seoji.nl.go.kr)와 국가자료공동목록시스템(http://www.nl.go.kr/kolisnet)에서 이용하실
수 있습니다.(CIP제어번호: CIP2016014467)

☆ 이 책은 용인문화재단 문화예술 지원사업의 지원을 받아 발간되었습니다.

행복해지고 싶은 날

팬케이크를 굽는다

최 지 안

이지출판

행복해지고 싶은 날

팬케이크를
굽는다

처음이라는 것

바로 왔어도 되는 길을 돌아서 왔다. 왜 좀 더 일찍 오지 않았을까? 그래도 포기하지 않고 늦게라도 이쪽으로 오길 잘했다는 생각이 든다. 그러면서도 두려워 내게 묻는다. 작가라는 그 말을 내가 들어도 되는 걸까?

지나온 길지 않은 삶은 결핍에서 오는 상처와 오류가 많았다. 선택하지 않았지만 결정된 환경과 가고 싶지 않았지만 갈 수밖에 없었던 길과 부르지 않았지만 제 발로 찾아든 불행을 견뎌 낼 수 있었던 것은 오기와 글쓰기 때문이기도 했다.

이길 수 있는 것은 없었다. 버틴다고밖에 달리 다른 말을 쓸 수 없었던 때에 할 수 있는 것이 글쓰기와 책읽기였다. 내 글쓰기는 거기서 시작되었다.

하고 싶은 얘기가 많았다. 작고, 약한 것들의 슬픔에 대하여, 소외된 것들에 대하여 얘기하고 싶었다. 보이지 않고 만질 수 없는 것을 쓰고 싶었다. 강하고 잘난 것들이 군림하는 세상에서 약하고 못난 것들의 가치에 대하여, 가지지 못한 것들의 서러움에 대하여, 여려서 더없이 아름다운 것들에 대하여 서술하고 싶었다. 그 편에 서서 소리를 내고 싶었다. 그래야 한다고 생각했다. 세상을 따뜻하게 하는 데, 아름답게 하는 데 힘을 보탤 수 있다면 좋겠다고 생각했다.

그러나 이 길로 들어와 보니 모든 것을 다 이야기할 수 없다는 것을 알았다. 해도 되는 얘기와 해선 안 되는 얘기가 있었다. 드러내도 되는 이야기와 들추지 말아야 할 것이 있었다. 상처는 훈장이 될 수 없었다. 정작 하고 싶은 애기는 가슴에 남겨두어야 한다는 걸 알게 되었다.

독자로 마음 편하게 30여 년 책을 읽다가 맞은편 자리에 섰다. 독자의 눈이 두렵다. 내어 놓아도 좋을까를 몇 번이고 생각했다. 책값이 아깝지 않은 책이어야 하는 부담이 발끝에 걸린다.

그럼에도 책을 낸다. 내 인생 처음이다. 비릿한 날내와 약간의 두려움을 가지고 오는 처음은 언제나 두근거린다. 눈 내린 길에 내딛는 발자국 소리 같은, 주민등록증 받는 열여덟의 낯선 책임감 같은 처음. 그 처음이 좋다. 지금 내게 처음이 왔다. 설렌다.

2016년 초여름
최 지 안

2.

3.

4.

1.

단호박 스프의 명상

    단호박을 사왔다. 둥글넓적한 진초록 몸통. 작지만 한 손으로 들기엔 제법 묵직했다. 슈퍼마켓 채소 진열장에서 두 개를 장바구니에 넣었다. 단호박은 샐러드나 죽, 스프, 무엇을 하든 다 맛있다.

    스프를 만들 생각에 냄비를 꺼내고 단호박을 손질했다. 힘들었다. 가르는 것이 쉽지 않기도 했지만 씨를 가진 것들에게 칼을 대는 일은 언제나 나를 미안하게 한다.

    반으로 갈랐다. 주황이 되기 직전의 포화 상태의 노랑. 궁극의 노랑이 펼쳐진 씨방에는 미래의 간절한 소망들이 빈틈없이 들어차 있었다. 그 많은 씨앗을 보듬고 버텼을 시간들. 단단하게 영글기만을 기다렸겠지. 꼭지를 마르게 해서 채 영글지 못한 열매를 떨어내던 줄기를 보며 가슴을 쓸어내리기도 했겠지. 때론 포기하고 싶었을지도 모른다. 그래도 그 안에서 자라는 것들이 있어서 견딜 수 있었을 게다. 그 때문에 자신이 존재한다는 것도 시나브로 알게 되었을 터. 그런 인고의 시간들이 쌓여 1.2킬로그램의 무게로 영글었으리라.

단호박을 썰어 버터에 볶다가 우유를 넣었다. 블렌더로 갈면서 지난번에 망쳤던 스프를 생각했다. 우유를 넣어야 할 때 깜박 잊고 물을 넣어 망쳐 버린 스프. 나중에 우유와 생크림을 넣었지만 스프도, 죽도 아니었다. 스프라고 하기엔 허전하고 죽이라고 하기엔 부담스러운 정체불명의 액체.

난 무슨 생각을 했던 것일까. 머리는 스프를 생각하고 손은 죽을 만들고 있었으니 머리 따로 몸 따로. 가끔 영혼과 육체가 엇박자를 칠 때가 있다. 마음은 먼 곳에 두고 몸만 현실을 깔고 앉아 빈 비닐봉지처럼 이리저리 굴러다닌다. 스프를 만들려다 죽을 만든 것처럼.

스프와 죽. 같은 듯 다른 맛. 같은 재료라 하더라도 다른 조리 과정은 절대로 같은 결과를 만들어내지 않는다. 과정이 중요한 것은 그 때문이리라. 지금 나의 맛과 향도 지난 과거의 환경과 여러 사람을 거치면서 만들어졌다. 선택과 포기의 과정에서 눈물 몇 리터, 웃음 몇 줌과 버무려진 시간들이 지금 나의 향기로 스며들었을 것이다.

나와 같은 해에 태어나 같은 대통령의 취임식을 보고 똑같이 아이엠에프를 겪은 여자들이 아무리 많아도 나는 그들과 다르다. 닮은꼴은 있어도 동일한 삶이란 없으니까. 나라는 특수성은 보편적인 사람들 사이에서 나를 구분짓는 향기다. 만약 내가 지난 과거에 다른 누구를 만났거나 혹은 만나지도 못했더라면 지금 이 맛과 향기도 달라졌겠지.

스프와 죽은 처음도 다르고 끝도 다르다. 스프는 우유와 생크림을, 죽은 물과 찹쌀을 끌어안는다. 스프는 부드럽게 감싸고 죽은 깔끔하게 넘어간다. 죽도 좋고 스프도 좋지만 굳이 고르라면 나는 스프다. 생크림의 고소함과 우유의 부드럽고 풍부한 맛이 입안에 머물기 때문이다. 마치 '나 여기 머물다 가요. 너무 빨리 나를 잊지는 마세요'라고 말하는 것 같다. 헤어진 다음에도 애인을 잊지 못하는 사람이 있는 것처럼.

입에 남는 그 미련이 나를 사로잡는다. 그 때문에 바보 같은 일을 되풀이한다. 미련이 나를 미련하게 만든다. 스프처럼 나의 맛과 향기도 오랫동안 머무는지 누구에겐가 물어보고 싶다.

어딘가 아플 때, 허전할 때 단호박 스프를 만든다. 몸이 춥고 가슴에 시린 바람이 불면 따끈한 단호박 스프가 생각난다. 노란 빛깔이 나를 쓰다듬으며 괜찮다고, 괜찮다고 다독이는 것 같아서 좋다.

베개에 머리를 대고 눈을 감으면 별이 쏟아지는 하늘을 보고 싶었다. 몇 광년 전에 빛나던 별이 몇 광년, 혹은 몇억 광년이 지나서야 지구에 닿았을 때, 그 별을 함께 보았던 누군가는 별이 되었다. 그 하나의 별이 지고 나면 나도 누군가의 별이 되겠지. 내가 살지 않았던 지난 몇십 년의 시간들과 지금 내게 지나가는 시간들은 결코 겹쳐질 수는 없지만 지금의 시간들을 접어 몇십 년 앞으로 포개 놓을 수 있다면 그 허전함을 메울 수 있을까. 만약 그랬다면 인연이 바뀌었을까.

시간은 흐르고 내가 기억하는 어떤 인연은 그 흐름 속에서 화석이 되었다. 인연은 때로는 잊히고 때로는 기억되면서 우주의 먼지만큼이나 가볍게 떠다니게 된다는 생각이 들었다. 그래서 은하수 흐르는 밤하늘처럼 조용히 울다가 잠이 드는 밤도 있었다. 잊기는 해도 아픔은 여전해서 상처를 누르면 간혹 울음들이 비어져 나오곤 했다.

노란 빛깔의 그리움을 그릇에 담았다. 한 숟가락 입에 넣으면 호박꽃 벌어진 사이로 벌들이 어지럽게 날아다녔다. 또 한 숟가락 입에 넣으면 이곳에 없는 사람이 말을 걸어올 것만 같았다. 그리고 단내가 입안 가득 퍼졌다. 부드럽고 달아서 살살 마음을 쓰다듬어 주는 단호박 스프.

스프를 밀폐용기에 담아 함께 이야기를 나누고 싶은 사람에게 주었다. 얼마 전에는 누군가를 다른 공간으로 보낸 사람에게도 주었다. 그 여자 눈동자에 뜬 별 하나가 몹시 추워 보여서 가슴이 아렸다.

누구나 마음에 그리운 별 하나씩은 있을 것이다. 그들도 가끔 지상에 없는 사람이 보고 싶다거나 닿지 못한 인연이 한 가닥 한기로 속을 파고들겠지. 뻔한 위로 같은 말, 나는 간지러워 못한다. 대신 단호박 스프를 준다. 주면서 생각한다. 가슴이 많이 아프지 않았으면 하고. 또한 너무 보고 싶어 하지 않았으면 하고. 그리고 혼자 앓는 그리움이 그리 깊지 않았으면 하고.

행복해지고 싶은 날 팬케이크를 굽는다

나는 오렌지색이 좋더라

　　화장을 해. 기초화장품이 주인집마냥 화장대에서 일가를 이루고 있어. 스킨, 로션, 크림. 그리고 이름도 호화로운 에센스와 아이크림. 클렌징크림은 소박하게 앉아 있고 필링제는 거꾸로 서 있네. 그 일가 옆에는 향수병이 자태를 뽐내며 도도하게 서 있고 맞은편엔 색조 화장품이 옹기종기 모여 있어.

　　스킨으로 피부를 정돈한 후에 에센스를 발라. 난 이 감촉이 좋더라. 미끄덩거리다 조금씩 스며드는 감촉. 끈적거리는 감촉. 그런 느낌을 어디서 느꼈더라. 그래 맞아. 미꾸라지가 가득 든 양동이에 손을 넣었을 때 그랬어. 꿈틀거리며 손가락 사이를 부지런히 빠져나가던 그 감촉이야. 미끈거리고 꿈틀거리는 것은 다 살아 있는 것들이지.

로션은 적당량을 덜라고 했지. 그 '적당히'가 웃기잖아. 스스로가 정한 기준 말이야. 내겐 모자라도 되고 넘쳐도 괜찮지만 상대에겐 도저히 가늠 안 되는 그 '적당히'란 말. 배려하는 척하면서도 전혀 배려하지 않는 그 말. 적당히 넘어가자고?

아이크림을 바를 때는 조금은 망설여져. 발라야 하나 말아야 하나. 정성들여 바르긴 하지만 주름을 펴주기는 하는 걸까? 더 이상 주름지지 않게 예방한다고 하지만 속는 기분이 드는 것은 어쩔 수 없어. 발라도 되고 안 발라도 그만이지만 발라야 마음이 편해지니 이 비논리적인 망설임은 뭐라고 해야 하지?

다음은 크림이야. 외부로부터 피부를 보호해 주는 역할을 하는 것이지. 보호한다는 말에 믿음이 가네. 상처 난 마음에도 바르는 크림이 있다면 좋겠네. 아물기도 쉽게.

크림까지가 기초화장이야. 화장품 회사가 만들어 놓은 법 같은 거지. 전에는 스킨, 로션, 크림 이렇게 세 가지를 기초라고 했는데 이젠 그 줄이 더 길어졌어. 새로운 것들이 추가되었으니까. 에센스, 아이크림, 세수하고 나서 바로 바르는 첫 세럼도 생겼어. 아침 전용 세럼도 있고 저녁에 바르는 크림도 차별화 시켰어.

스킨부터 크림까지 줄을 세워 놓고 매번 새롭고 예쁘장한 이름의 기초를 끼워 놓고 있지. 자꾸자꾸 추가되고 비싸지는 기초들. 그러면서 기초가 중요하다고 강조하고 있어. 중요한 것들이 많아지면 정말 중요한 것이 무엇인지 모르게 되는데 이를 어쩌지?

기초라는 것은 굉장히 중요해. 소도 비빌 언덕이 있어야 한다고 하잖아. 이게 없으면 사람은 흔들려. 시련이 오면 쉽게 무너지고 전공에서 이게 다져지지 않으면 발전하기 힘들어. 철학 없는 소비는 낭비가 되고 인격 없는 지식인은 쉽게 변절자가 되는 것과 같은 이치지.

색조 화장 단계의 처음은 꼭 자외선 차단 크림을 발라 줘야 한다고 해. 화장품 회사는 자외선이 마치 여성들의 천적인 것처럼 호들갑을 떨어. 안 발라 주면 미개한 사람이라도 되는 것처럼 말이야. 사실 여자의 적은 따로 있는데.

나의 갈색 머리와 짧은 치마를 삐딱하게 보는 사람이 있었어. 이십 대도 아니면서 그런다고. 이십 대는 그렇게 해도 되고 이십 대가 아니면 그러지 말라는 충고. 그렇게 여자에게 나이를 들이대는 사람들. 십 대와 이십 대만 여자로 보는 사람들. 그런 사람들이 여자의 천적이야. 그리고 나이를 말하면서 자신의 가치관에 타인을 끼워 넣고 보려는 사람들. 그런 사람들이 또한 나의 적이야.

파운데이션을 바르고 난 후에는 화장 붓으로 분을 발라 줘. 분첩은 쓰지 않아. 두껍게 되거든. 얇게 씌운다는 느낌으로 가볍게. 한 꺼풀 가려 주는 것의 묘미. 뭔가 신비스럽고 은밀한 여운을 주잖아. 짧은 치마보다 속 비치는 긴치마가 시선을 끌고 다 보여 주는 것보다 뚫린 곳으로 보여 주는 것이 더 매력적이지. 찢어진 청바지가 섹시해 보이는 것처럼. 사람 사이도 이렇게 얇은 막을 씌워 줘야 해. 다 보이면 재미없거든.

눈썹은 펜슬로 그려. 색조 화장할 때 가장 중요하고 정성을 들이는 곳이야. 첫인상을 결정하는 곳이기 때문이지. 눈썹이 위로 올라가면 차갑고 세련되어 보이고 눈썹이 낮으면 순하지만 어리숙해 보이기도 해. 얇으면 우아하지만 자칫하면 나이 들어 보이고 두꺼우면 젊어 보이기는 하지만 난폭하게 보이기도 해. 조심해. 인상이 좋다고 사람이 좋은 것은 절대 아니니까. 오히려 나처럼 차갑게 보이는 사람이 알고 보면 엄청 무르지. 나의 차가운 인상은 일종의 보호색 같은 거야. 너무 물러서 들통날까 봐 미리 선수 치는 위장술.

눈 화장은 눈의 깊이를 더해 주지. 자연스럽게 칠해 줘야 해. 촌스럽게 마구 쓰면 우스워져. 같은 색을 쓰되 깊게 보일 부분은 어둡게 하고 도드라져 보일 부분은 환하게 칠해 줘야 해. 눈 화장이 튀는 날엔 입술은 그냥 립글로스만 발라 줘. 아이섀도를 바르지 않은 날도 있어. 이럴 때는 입술을 강조하는 편이야. 내 경우에는 섀도를 눈동자 색과 같은 갈색을 잘 쓰는 편이야. 자신에게 잘 어울리는 색을 써야 해.

사람마다 색이 있어. 내가 좋아하는 색과 남들이 생각하는 나의 색이 일치하는 것은 아니야. 어떤 사람을 생각하면 특정한 색이 떠올라. 사람을 처음 만나면 타이나 스카프에 눈이 가는 편이야. 그 처음 색이 그 사람을 생각할 때 따라오는 색이 되는 거지. 어떤 사람의 소매에 파란색 단추가 빛이 난다면 그 사람은 파란색이야. 그 사람이 그리울 땐 파란 물이 가슴에서 출렁거려. 난 그런 식으로 사람을 기억해. 사람들에게 나는 무슨 색으로 기억될까? 그게 늘 궁금해.

눈매를 또렷하게 해 주려면 아이라인을 그려. 아이라인으로 속눈썹이 난 곳을 따라 그려 주면 눈이 크게 보여. 선을 그릴 때는 숨을 멈추고 집중해서 그려. 눈을 부릅떠도 안 되고 감아도 안 보여서 그릴 수 없어. 연필로 된 것은 눈 바깥쪽에서 안쪽으로 그리고 붓으로 된 것은 안쪽에서 바깥쪽으로 그려. 비뚤어지지 않게 해야 해.

선은 항상 조심스러워. 상대와 나 사이에도 어디에 선을 긋느냐에 따라 관계가 달라져. 선의 수위가 상대와 나의 친밀도를 말해 주지. 선을 지키지 않으면 사고가 날 수도 있으니 조심해야겠지. 어떤 선은 이기적이기도 해. 상대에게 가까이 가려 해도 그가 그어 놓은 선 앞에서 주춤거리게 되지. 선을 넘지 마. 무례한 것은 질색이야.

아이라인을 그리고 난 뒤에는 마스카라로 속눈썹을 풍성하게 칠해 주면 훨씬 눈이 또렷하게 보여.

이제 립스틱 하나만 남았어. 립스틱은 화장의 마침표야. 이걸 발라야 화장이 끝나. 애인을 만나 키스를 할 일이 생기더라도 여성들은 꼭 바르고 가지. 이것의 위력은 대단

해. 얼굴에 생기를 불어넣는 것도, 화장품 중에서 가장 육감적인 것도 바로 이것이라고 할 수 있어. 입술에 바르기 때문에 그런지도 모르지. 색조 화장 안 해도 립스틱 하나만 바르면 화장한 것처럼 보여. 때로 남자들이 바람피우다 들킬 때도 립스틱 자국은 명백한 증거로 남기도 해. 하얀 와이셔츠에 찍혀 있는 분홍 립스틱을 볼 때 아내들의 하늘은 무너지고 말지. 얼굴도 모르는 어떤 여인의 입술 자국은 한 여자의 울타리를 허물기도 하는 법이잖아.

난 오렌지색이 좋더라. 분홍처럼 흔하지도 않고 빨강처럼 강렬하지 않으면서 왠지 뒤돌아서면 다시 보고 싶은 미련이 남는 색. 천하지 않으면서 도발적이고 청순하진 않지만 상큼한 향내가 날 것 같은 색. 하지만 주의해야 해. 어쩌면 생뚱맞을 수도 있어. 꼭 나처럼 말이야.

자존심이 흔들리는가

　　인터넷을 검색한다. 주방가구를 바꾸고 싶어 이리
저리 검색을 한다. ㅋ사의 홈페이지. 주방 조리대를 배경
으로 멋진 남자 배우가 나를 바라본다. 깊은 눈매가 썩 이
국적이다. 아무리 봐도 싫증나지 않게 잘생긴 얼굴. 슬며
시 입가가 올라간다. 저런 배우가 나를 위한 요리를 한다
고 상상하니 침이 넘어간다.

　　그런데 배우 옆에 붙어 있는 광고 문구가 눈에 들어온다.

　　'여자에게 있어 주방은 남자의 차와 같다!'

　　주방기기를 선전하는 문구도 이젠 도전적이다. 갑자기
남자 배우의 시선이 차갑다. 맹랑하다. 주방에서만큼은

자존심을 세우라고 옆구리를 찌른다. 여자의 자존심이 살짝 불쾌해진다.

여자와 주방. 많이 가까운 사이다. 하루의 일정 시간을 이곳에서 보내니 중요한 곳이라 할 수 있다. 그러나 자존심까지 말하기는 좀 그렇다. 주방에서 일하는 것을 좋아한다면 그럴 수 있다. 요리를 잘하고 손님 초대를 즐긴다면 주부로서의 자부심이지 주방에 자존심을 걸 이유는 없다. 자랑을 할 것이 아니라면 말이다.

남자와 자동차. 글쎄. 어찌 보면 자존심이 서린 물건이라고 할 수는 있겠다. 집은 없어도 차는 있어야 된다는 요즘엔 더더욱 맞는 말이다.

전에 옆집 살던 누구네는 전세금보다 더 비싼 차를 굴렸다. 차만큼은 자존심을 세워야 하는 그 집 아저씨의 고집에 전셋집은 저렴하게 구하고 차 사는 데 더 많은 돈을 썼다. 전셋값이 쌀 때의 일이지만 그 집 아저씨만 해당되는 일은 아닐 것이다. 체면을 중시하는 남자들에게 당연한 선택일지 모른다.

여자들은 이럴 때 현실적이다. 물론 비싼 차가 좋다는 것은 여자들도 안다. 그러나 합리적인 선택에 더 중점을 둔다는 것이 다르다.

남자의 체면을 대신하는 만큼 차에 대한 애정도 남다르다. 남자에게 있어 차는 애인과 같은 존재라고 하지 않는가. 그 말에는 백퍼센트 동감이다. 멀리 갈 것도 없다.

남편의 차는 언제나 깔끔하다. 때 되면 씻겨 주고 털어 준다. 시골길을 밟은 날은 바닥 매트부터 세척한다. 정기적으로 건강 검진하고 신발이 닳으면 바꿔 신겨 준다. 토라진 여인을 달래듯 브레이크는 나눠서 여러 번. 속도를 올릴 때도 마치 애인을 다루듯 한다.

처음부터 액셀을 밟진 않는다. 천천히 액셀을 밟으며 부드럽게 시작한다. 그러다 어느 정도 안정적이다 싶을 때 능숙하게 속도를 올린다. 핸들은 가볍게 한 손으로 돌리고 방지턱은 미끄럼 타듯 매끄럽게 지나간다.

차 문도 살짝 닫으라고 성화를 한다. 어쩌다 문 닫는 소리가 크면 눈까지 흘긴다. 마치 내가 그의 정부를 한 대 때리기라도 한 듯이 말이다. 그럴 때 묘하게 기분이 상한다.

적당한 선물공세도 잊지 않는다. 애인에게 명품이나 향수를 안기듯 차 액세서리도 달아 주고 방향제도 놓아 준다. 음악은 기본으로 분위기 따라 여러 개의 시디를 구비

해 놓는다. 애지중지 쓸고 닦고 하는 걸 보면 핥지 않는 것만도 다행이다 싶다. 어쩌면 남편에겐 차가 자존심이 아니라 아예 애인이다.

남편에 비하면 나의 자동차 관리는 형편없다. 그의 차가 준마라면 내 차는 노새다. 어쩌다 씻겨 주는 것도 내가 하지 않는다. 먼지가 뽀얗게 쌓이면 보다 못한 남편이 세차장으로 가져간다. 건강관리도 꼼꼼하게 하지 않는다. 차 안은 이렇다 할 장식품도 없고 방향제만 달랑 하나 있다. 나는 다만 먹이만 줄 뿐이다. 주인 잘못 만난 탓에 제대로 대접도 못 받는다.

내게 차는 자존심을 세울 만한 것이 못 된다. 매일 학원이나 학교에 아이를 데려다 줘야 하고 친정과 시댁을 오가고 슈퍼마켓에 다녀야 하는 나로서는 여유롭게 차를 몰 형편도 못 된다. 만약 그렇지 않더라도 그게 나의 자존심이 될 수는 없다.

주방도 마찬가지다. 사실 난 차에 대해서만 자존심이 없는 것이 아니라 주방에 대해서도 자존심 같은 것은 세우고 싶지 않다. 음식도 못하는 내가 럭셔리한 주방에서 요리한다고 맛있어지는 것도 아니다. 단지 조리하기 쉽고 설거지 하기 편하면 된다. 발효과학이 만들어 냈다는 갖가지 기능의 커다란 김치냉장고며 커피머신이 내겐 별 의미가 없다. 하루 종일 씻고 닦고, 지지고 볶으면서 주방에 내 삶을 붙들어 놓고 살 생각은 추호도 없다.

남자는 자동차, 여자는 주방이라는 도식이 슬쩍 하품난다. 자동차의 활동적이고 자유로운 이미지와 주방이라는 제한적인 공간을 대치시켜 여자의 영역을 좁은 주방에 가두고 럭셔리한 소비 성향을 부추기는 속내가 은근히 밉다. 인간의 소비 심리에 권위주의를 끼워 판다는 느낌이 들어서일까. 소유를 통해 존재감을 드러내고 싶은 현대인의 심리를 꿰뚫는 것 같다. 요즘 광고, 좀 뻔뻔하다.

물건에 자존심을 세우는 것을 다른 방향으로 본다면 이해가 간다. 자신의 취향과 품격에 따라 물건도 달라지기 때문이다. 사물에 혼이 깃든다고 믿었던 고대인의 역사관을 밀어 놓는다 하더라도 유명인의 애장품이나 손때 묻은 물건을 관람하는 것이 문화 활동의 한 즐거움이 된 요즘은 그 말이 맞다.

역사가 있고 전설이 있는 물건은 소장만으로도 가치가 있다. 또한 전시를 통해 가치를 올리고 스토리를 만들어 물건에 사연을 불어넣는다. 사진작가의 카메라, 요리사의 칼, 연주자의 악기도 마찬가지다. 그런 물건이라면 당연히 자존심을 인정해야 한다.

다만 비싸게 사들인 물건밖에 자신을 말해 줄 수 없다면 자존심이 흔들릴 수는 있겠다.

여자와 다리, 그 편견과 집착

늙은 호박을 얻었다. 반으로 가르는 순간 무엇이 튀었다. 끝이 뾰족한 누런색의 구더기. 어떤 놈은 반으로 쪼갤 때 잘려져 두 동강이 난 채로 튀었고, 호박에서 튀어 나온 열 몇 마리가 부엌 바닥에서 통통 튀었다. 호박 안에서 바글거리고 있던 것들도 밖으로 튀어나오려고 했다.

구더기라는 것을 확인하는 순간, 비명이 나왔다. 그 소리가 조용한 집안을 흔들었다. 구더기는 구르고 기는 줄만 알았다. 그런데 몸에 용수철이 달린 듯 높이뛰기를 하는 것이었다. 다리도 없는 것들이 말이다.

나중에 안 것이지만 그것은 구더기가 아니고 호박벌레

였다. 하지만 구더기라 부르든 벌레라고 부르든 다리 없는 것은 정말 싫다.

유난히 다리 없는 벌레들이 소름 끼치는 이유가 무엇일까? 일단 다리가 여섯 개를 넘는 것은 싫다. 그러나 다리가 많은 것보다 더 끔찍한 것은 아예 없는 것이다. 그들을 보면 소스라치게 놀라게 되고 심지어 적개심까지도 갖게 된다. 아무리 다짐을 해도 그들과 마주치면 어김없이 비명이 나온다. 나는 다리가 없는 것들에 대해서 절대로 호의적이고 싶지 않은 것이다. 도대체 무엇 때문일까? 혹시 나도 모르게 편견을 가지고 있는 것은 아닐까?.

르네 마그리트의 《집단적 발명》은 우리가 갖고 있던 편견에 대해 생각하게 만든다. 바닷가에 누워 있는, 사람의 다리와 물고기의 얼굴을 한 인어의 그림. 인어라고 할 수도, 아니라고 할 수도 없는 그림을 보고 있노라면 불쾌해진다. 사람의 상반신을 물고기가 가지고 있는 경우 연민을 느끼지만 물고기가 사람의 다리를 갖고 있으면 외면하고 싶다. 단지 다리를 물고기에게 붙여 주었을 뿐인데 말이다. 인간의 얼굴을 하고 있지 않다는 것이 문제가 아니라 인간의 다리를 물고기에게 붙여 준 것이 견딜 수 없는 것은 아닐까? 이것은 언어를 보는 우리의 시각이 얼마나 다른가를 보여 준다. 인간의 입장에서 다리에 대한 편견은 거의 확고해 보인다.

이러한 편견은 다름에 대한 상대적 우월감으로부터 나온다. 직립보행은 인간을 네 발 동물과 구분하는 데 큰 역할을 했다. 다리의 공이 아주 크다. 다리가 없는 것들과 비교해서 우월감을 갖게 하는 데 일조를 했음에 틀림없다.

다리가 없는 것들을 열등한 존재로 보고, '다름'에 대해 옳지 않음으로 규정하고 옳은 것은 우월하며 내가 옳으면 상대는 반드시 옳지 않다고 본다. 관점이 다르면 사고가 다를 수 있는데 다른 것에 대해서 틀렸다고 생각하는 경우다. '다르다'와 '틀리다'는 어휘의 다름만큼이나 매우 다른 속성을 지닌 것인데 말이다. 이것은 다양하고 집단적이며 비인간적인 형태로 나타난다. 피부색에 따른 차별, 종족간의 전쟁, 종교에 따른 갈등과 테러는 '다름'을 '틀림'으로 간주하는 경우다.

'다름'에 대한 잘못된 인식은 무의식적으로 다리에 대한 편견을 불러올 수 있다. 조지 오웰의 《동물농장》은 이것을 잘 보여 준다. 농장의 동물들은 선악의 기준을 다리에 두고 네 다리는 좋고 두 다리는 나쁘다고 집단적인 규정을 만든다. 오웰은 우매한 피지배동물들을 이용해 지도층이 원하는 목적을 어떻게 달성하는가를 자세하게 보여준다. 그중 한 방법이 다리의 개수를 통해 인간을 적으로 만드는 것이다. 개인의 욕망을 감추고 집단을 통제하여 자신이 원하는 방향으로 가기에 유리한 것이 우월감에서 나오는 편견을 이용하는 방법이다. 그것은 다름을 기피하는 인간의 속성을 파고든다.

다리에 대한 편견은 그것을 가지지 않은 다른 생물들에 대한 상대적 우월감으로 나타나는 것일까? 아니면 이브와 원수지간이 된 뱀에 대한 분노가 본능처럼 핏속에 흐르는 것일까? 그렇다면, 그 악연으로 땅에 배를 붙이고 다니는 것들은 여자들에게 두려움과 혐오감을 주며 살아가라는 운명을 지운 것은 아닌지. 인정하고 싶지는 않지만 아무래도 이브와 뱀에 대한 이야기가 더 설득력이 강하다. 왜냐하면 다리가 없는 것들에 대한 혐오와 편견은 여성에게 더 편중되어 있고 다리에 대한 미적 욕구와 집착 또한 여성이 더 많이 가지고 있기 때문이다.

물론, 남성에게도 근육질의 멋진 다리가 있다. 그러나

여성만큼 다리에 공을 들이지는 않는다. 날씬하고 비율 좋은 다리는 모든 여성이 갖고 싶어 한다. 오죽하면 '꿀벅지' 라는 말이 나왔을까? 이 '꿀벅지' 를 향한 여성의 노력은 가히 눈물 날 지경이다.

튀어나온 종아리 근육을 매끈하게 하기 위해 '보톡스' 를 맞고 제모를 위해 레이저 시술을 받거나 '브라질리언 왁싱' 도 한다. 매끈한 다리를 만드는 것에 그치지 않고 효과적으로 보여 주는 센스도 발휘한다. 짧은 치마나 반바지를 입고 시각적으로 길어 보이는 효과를 주기 위해 굽 높은 구두를 신거나 부츠를 신는다.

여성들은 알 것이다. 오랫동안 굽 높은 구두를 신으면 허리도 아프고 종아리 근육은 또 얼마나 당기는지 말이다. 발은 발대로 좁은 구두 속에서 몸의 무게를 지탱하느라 붓고 심하면 변형이 생기기도 한다. 그렇게까지 할 필요가 있을까 싶지만 몸을 혹사시키고라도 예쁜 다리를 보이고 싶은 것은 나름의 이유가 있다.

여성에게 다리는 섹시함의 기본 척도다. 가슴이나 엉덩이보다 더 많은 관심을 받는 것이 이곳이다. 가는 발목에서 시작하는 매끈하고 부드러운 종아리, 무릎을 거쳐 엉덩이로 이어지는 두툼하고 탄탄한 허벅지는 신체의 다른 부분보다 관능적이다. 다리를 가리고는 말초신경 한 촉도 건드릴 수 없다.

이상적인 몸의 기준도 다리 길이에 따라 달라진다. 바지나 치마는 짧아지고 드러낸 다리 길이는 더 길어질 수밖에 없다. 어쩌면 옷은 다리를 위해 있다고 할 만큼 그 존재감이 크다. 좀 더 길어 보이고 날씬해 보이기 위해 존재한다. 추위나 더위로부터 몸을 보호하고 신분을 나타내기 위해 존재하던 옷은 이제 그것을 넘어서 개성을 드러내고 섹시함을 보여 주는 것으로 사명이 바뀌었다.

여성의 다리를 가리기에 급급했던 금욕적인 시대를−하다못해 피아노 다리까지 가렸던− 지나온 인류의 복식사는 기능적인 것보다 어떻게 하면 더 섹스어필하게 다리를 보여 줄 것인가가 중요한 것이 되었다. 여성에게 있어 다리는 몸에 있는 그 어떤 것보다 중요한 위치를 갖게 되었다.

나 역시 다리에 대한 집착에서 예외는 아니다. 탄력 있는 다리를 위해 운동은 필수다. 샤워 후 오일 마사지는 기본이고 스타킹을 신기 전에 보습 로션을 발라 준다. 이것은 빠뜨릴 수 없는 외출 준비다. 그런 정성을 들이고서

경쾌하게 짧은 치마와 반바지를 입는다.

왜 그렇게 다리에 집착하느냐고 묻는다면 할 말이 있다. 나도 어쩔 수 없는 이브의 후예이기 때문이라고. 내 몸엔 이브의 피가 흐르고 있어 다리가 없는 것들을 보면 소리를 지르지만 다리를 드러내며 활보하고 싶은 본능도 강하기 때문이다. 본능이란 퍼렇게 살아서 꿈틀대는 것만이 누릴 수 있다. 난 단지 그 살아 있음에 충실할 뿐이다.

낮은 곳에서 몸을 밀고 가는 것들과의 만남은 언제나 두렵다. 기다란 놈이거나 짧은 놈이거나 축축하고 물렁거리는 그들과의 갑작스런 만남. 사실 그때는 편견이나 집착에 대해 생각할 겨를도 없다. 그냥 본능적이다. 놀라기는 그들도 마찬가지다. 높은 옥타브의 비명이 채 끝나기도 전에 시야에서 사라져 준다. 이것이 그들의 예의다.

그러나 열에 한둘은 물렁거리고 주름진 몸을 그대로 보여 주는 얼간이들이 있다. 낮은 곳이든 높은 곳이든 각자의 영역에서 살아가야 저도 좋고 나도 좋다. 어쩌다 길을 잘못 들어섰더라도 바로 사라져 주면 좋으련만 어떤 놈들은 그렇지 않다. 이 사리분별력 없는 놈들은 나를 보고도 도망가지 않는다. 왔던 길을 찾지 못하거나 도망칠 필요

성도 깨닫지 못한다.

　사람도 제 영역을 벗어나 여기저기 마구 넘나드는 자들
이 있다. 청렴해야 할 사람들이 부패 영역을 수시로 드나
든다. 치부가 드러나도 도망가기는커녕 태연히 버티는 파
렴치한들이 있다. 그들을 가리키는 말이 딱 한마디 있다.
그것은 '벌레만도 못한 것들'이다.

지우다

화장을 지우다

화장을 지운다. 낮 동안 무장한 얼굴을 나 자신으로 되돌려 놓는다. 클렌징크림이 무장한 나를 해제시킨다. 피부와 색조 화장 사이의 경계를 하얀 크림이 허물어 버린다.

화장을 지우는 일은 내 안의 나를 만나는 일이다. 그러나 매번 나의 맨 얼굴이 낯설다. 내가 기억하는 나는 늘 화장을 한 얼굴이다. 그게 나이고 맨얼굴의 나는 숨겨 둔 쌍둥이 자매인 것 같다.

나는 두 개의 얼굴을 가지고 있다. 보이는 나와 감춰진

나. 화장을 한 나는 사람들이 아는 나다. 도회적이고 차갑다. 화장을 하지 않은 나는 나만 아는 나다. 소탈하고 틈도 많다.

사람들이 보는 나와 내가 아는 나는 다르다. 사람들은 나를 보면 손에 물 한 방울 안 묻히고 산 것 같다고 한다. 그래서 나는 아무 고생 없이 산 사람처럼 살기로 했다.

글씨를 지우다

글씨를 지운다. 지난밤 써 놓은 원고를 지운다. 실수한 곳, 적절치 못한 곳을 다른 어휘로 바꾼다. 적확한 어휘를 찾고 문장을 오려다 붙인다.

아픈 이야기는 지워 버린다. 이 일을 하는 데 필요한 도구는 backspace. 자판에 있는 단추 중에서 가장 많이 쓰는 도구다. 마음에 쏙 든다. 너무 눌러서 단추에 그려진 화살표가 지워졌다. 한 번씩 누를 때마다 글씨를 먹어 버린다. 아무리 먹어도 배탈이 나지 않는다. 일도 야무지게 잘하고 뒤가 깔끔하다.

나는 아픈 얘기를 써 놓고 이것을 눌러 버릴 때가 많다. 차마 활자로 피어나지 못하고 지워지는 문장들은 기억의 방으로 들어간다. 정작 하고 싶은 말들은 이곳에서 먼지를 쓰고 숙성되기를 기다린다.

그러나 어떤 과거는 희망이 없다. 무기징역을 언도받은 기억들은 평생 이 방에서 나가지 못한다. 과거도 뒤로 가기 단추를 눌러 돌이키고 싶다.

흔적을 지우다

내가 산 흔적을 지워 버렸다. 난 흔적을 남기는 것이 싫다. 세면대나 식탁에서 앞사람의 흔적을 보는 것은 불쾌하다. 치약 거품이나 고춧가루가 남아 있는 것이 견딜 수 없다. 내가 산 흔적이 초라한 물건으로 남는 것도 두렵다.

어느 날 스물 대여섯 권의 일기장을 재활용으로 내다 버렸다. 선택할 수 없던 것들이 내 삶에 부려 놓고 간 횡포. 그 앞에서 고개를 숙이던 날들을 지우고 싶었다. 그저 그랬다. 슬프지도 아깝지도 않았다. 두 손 탈탈 털며 뒤돌아섰다. 그런데 그리 홀가분하지도 않았다. 계산이 맞는다면 버린 일기장 스물 몇 권, 딱 그만큼 가벼워져야 했다. 하지만 삶의 방정식은 그렇지 않았다.

흔적은 기억을 끌어안은 현재다. 지나간 시간을 새겨 놓는다. 어느 한순간이 존재했다는 것을 흉터로 남겨놓기도 하고 자국을 남기기도 한다. 동물들은 흔적을 잘 지운다. 사람만이 이것을 지우는 일에 서투르다.

누군가 곁에 머물다 간 흔적은 보이지 않아서 지우기가 힘들다. 그런 날은 운전하다가 가슴이 먹먹해져 애를 먹는다. 사거리 한복판에서 신호가 바뀌어도 움직이지 않는 차가 있다면 나일지도 모른다. 비 오는 날인데도 선글라스를 끼고 운전대를 잡은 멀쩡하게 생긴 여자라면 얼추 맞다.

나를 지우다

많은 날을 나를 지우며 살았다. 아내와 며느리가 되면서 나를 지웠고 아이를 낳고 엄마가 되면서 나를 지웠다. 화장을 지우고 글씨를 지우고 얼룩을 지우고 흔적을 지우며 새로 시작한다.

지운다는 것은 끝이 아닌 시작이다. 상처를 지우고 아픔을 지운다. 그래야 살 수 있다. 나의 주특기는 지우기다. 난 무엇이든 잘 지우는 여자다.

지난 시간이 발목을 잡는
어느 점심에

오래도록 기억에 남는 요리가 있다. 바나나가 들어
간 닭고기 요리. 달콤한 여러 가지 소스와 바나나를 닭고
기와 함께 조려냈는데 간장으로 간을 한 닭찜과 비슷하
다. 바나나는 익힌 요리에 들어가도 매우 맛있다. 그 음식
을 필리핀에 있을 때 조앤의 집에서 먹었다.

나는 필리핀에서 잠깐 지낸 적이 있었다. 그곳은 언제나
꽃이 피고 과일이 풍부했다. 길을 가다보면 이름 모를 나
무에 꽃들이 흐드러지게 피어 있고 거리엔 과일을 파는 곳
이 많았다. 계절은 불분명했지만 꽃과 열매가 번갈아 피고
열렸다. 추위를 많이 타는 내게 알맞은 기후였다.

조앤은 나와 함께 일했는데 아이가 넷이나 되었다. 그날은 조앤의 다섯 살 된 막내아들의 생일이었다. 그이는 우리에게 여러 음식을 대접했는데 그중의 하나가 바나나가 들어간 닭고기였다. 닭고기와 달콤하고 부드러운 바나나가 잘 어울려 맛이 있었다. 그렇지만 내가 그 음식을 오래도록 기억하는 이유는 맛이 있어서만은 아니다.

좁은 대문을 들어가자 이름을 알 수 없는 나무들이 무성했다. 조앤은 막내를 안고 있었다. 아이는 나를 낯설어 했다. 제 엄마한테 떼어놓기라도 할 것처럼 눈에는 경계심이 잔뜩 들어 있었다. 나는 한국에서 가져간 뽀로로 장난감을 내밀었다. 내가 조앤과 말하고 웃자 조금씩 경계를 풀었다. 순하게 웃는 얼굴이 귀여운 아이였다.

거기 아이들은 누구나 다 예뻤다. 다들 까만 머리카락에 가무잡잡하고 키가 작았다. 괜찮은 옷을 입은 아이도 허름한 옷을 입은 아이도 모두 귀여웠다. 작은 몸에 비해 쌍꺼풀진 눈이 하도 커서 속이 말갛게 보였다.

어두워지는 저녁 마당엔 이름도 모르는 낯선 과일이 익어가고 있었다. 무슨 과일이냐고 묻자 누군가 과일을 따서 내밀었다. 아홉 살쯤 되었을까? 팔다리가 가늘고 예쁘장한 남자아이가 있었다. 셋째 아이였다.

처음 보는 과일은 고추 같은 형태에 맛이 떫었다. 내가 떫다고 하자 그 애는 웃기만 할 뿐 말을 하지 않았다. 학교에도 다니지 않는다는 아이는 찡그린 내 얼굴을 보고 수줍게 웃었다. 자질구레한 심부름을 하고 식구들 사이에 있는 듯 없는 듯 그늘처럼 한쪽에 있는 아이. 너무 깊어서 슬퍼 보이던 커다란 눈을 가진, 귀만 열어 놓고 입을 닫은 그 아이.

간간이 생각의 끝에 와서 머물다 가기도 하던 아이였다. 여러 남매가 있다면 그중 누군가는 아픈 손가락일 것이고 누군가는 존재도 미미해서 관심의 사각지대에서 가늘게 숨쉬며 자랐을 것이다. 첫째는 첫 아이라서, 막내는 막내라서, 하나밖에 없는 딸은 딸이라서…. 있는 듯 없는 듯 차마 원망도 못하고 혼자만 속을 삭이기도 하겠지. 그것이 부모 잘못만은 아닌데. 너무 없어서, 사느라고 힘들어서 그런 것인데 말이다. 그걸 알기까지 많은 시간이 걸린다는 걸 그 아이가 알려면 또 얼마큼의 시간이 걸릴까?

조앤은 그렇게 아이 넷을 남편 없이 키우고 있었다. 후에 나는 조앤과 다른 동료들을 초대해 갈비찜을 대접했다.

진짜 갈비를 구하기는 힘들어 기름이 덜 붙은 고기를 사다가 찜을 했는데 제법 맛이 괜찮았다.

조앤에게는 아이들을 데려오라 했다. 그러나 넷이나 되는 아이들을 데려오기가 미안했던지 막내만 데려왔다. 조금 맥이 빠졌다. 셋째 아이에게 내가 만든 고기 맛을 보여 주고 싶었다. 나중에 돌아갈 때 조앤에게 그 찜을 싸서 보내려고 했지만 생각보다 남은 양이 적어 그러지 못했다.

점심을 바나나로 먹을 때가 많다. 바나나를 벗기면서 필리핀에서 먹었던 로컬 바나나를 생각했다. 여기 슈퍼마켓에서 사는 바나나는 한 개만 먹어도 배부를 만큼 크다. 그렇게 큰 바나나는 필리핀에 있을 때는 잘 먹지 않았다. 그런 것은 대형 슈퍼마켓에나 있었고 나는 길거리에서 파는 조그맣고 통통한 로컬 바나나를 주로 사 먹었다.

바나나를 줄에 매달아 팔고 있는 거리에서 나는 바나나도 사고 망고도 샀다. 그렇게 길거리에서 과일을 사다보면 까맣고 작은 손이 나를 올려다볼 때도 있었다. 주머니에서 10페소나 5페소짜리 동전을 꺼내 쥐어 주면 아이의 까만 눈동자는 벌써 골목으로 달아나고 없었다. 그런 날은 그 아이의 맨발이 자꾸 내 신발 위로 겹쳐 보였다.

한 다발을 사면 이틀 안에 다 먹었다. 그 작은 바나나가 훨씬 달고 맛있었다. 평소 바나나를 먹을 때 드는 아쉬움 속엔 언제나 그곳에서 먹던 바나나가 자리하고 있다. 로컬 바나나. 바나나가 들어간 닭고기 요리. 조앤의 집. 낯선 과일 나무. 그 과일을 따주던 조앤의 셋째 아이. 말을 잃어버린 가녀린 남자아이.

그때 무언가를 들려 보냈어야 했다. 아니면 한 번 더 그 애를 보고 왔어야 했다. 그래서 지난 시간이 발목을 잡는 어느 점심에 바나나를 먹으며 아쉬움이 남지 않게 해야 했다. 지나고 나면 아무것도 아니지만 때론 빚처럼 남은 과거가 목에 걸리기도 한다는 것을 그때는 알지 못했다.

뒷골목의 아나키스트

　　쓰레기를 버리다 시커먼 녀석과 마주쳤다. 짧은 찰나. 경계의 눈빛이 날카롭다. 들고양이.

　윤기 흐르는 검은 등. 네 다리의 발 부분과 턱 밑만 하얗고 나머지는 검다. 몸길이의 오분의 일이 머리다. 중심을 잡는 데 중요한 역할을 하는 꼬리는 그 길이의 반 정도다. 좋은 비율이다. 우아한 몸으로 쓰레기를 뒤지는 맹수의 사촌. 묘한 배반감이 든다.

　한쪽 발을 사뿐히 들어 방향을 튼다. 이어서 잘록하게 휘어지는 허리의 곡선이 부드럽다. 긴 꼬리를 도도히 세우고 자리를 뜬다. 서두르는 기색도 없다. 잠깐 경계하는

가 싶더니 여자임을 알아챈 것일까. 어디 한 번 잡아 보라
는 배짱으로도 보인다. 시치미 뚝 떼며 언제 쓰레기를 뒤
졌냐는 듯 집과 집 사이 좁은 통로로 들어간다. 헤쳐 놓은
음식 쓰레기. 먹을 걸 두고 떠나다니.

그렇게 망설임 없이 떠날 수 있는 것이 부럽다. 설거지
를 하다 문득 떠나고 싶은 충동을 느낄 때가 있다. 생활
이라는 끈. 끈만큼의 반경 안에서만 사고하고 결정한다.
세 번 밥을 먹고, 두 번 세수하고, 한 번 자는 하루하루가
멀미날 때, 한 번쯤 일상에서 벗어나고 싶다. 하지만 쉽
지 않다. 녀석이라면 미련 없이, 또는 망설임 없이 돌아
설 것이다.

들고양이는 오랜 관습과 타성, 사회적으로 결정된 정체
성으로부터 자유롭다. 고양이로 태어났다고 모두 주인의
보살핌을 받아야 하는 건 아니라며 애완동물로서의 안락
한 삶을 거부한다. 그들이 말할 수 있다면 이렇게 외치지
않았을까?

"누가 누구의 주인이란 말인가? 그런 노예근성은 심약
한 집고양이들에게나 어울리는 것이다. 자신의 주인은
오로지 자신이어야 한다. 자존감이 우리의 존재 이유다.

애완동물이라고? 그건 우리에게 치욕이다. 하루를 살더라도 자유를 내줄 수는 없다. 배를 곯을지라도, 눅눅한 길바닥에 몸을 누일지라도 말이다."

자유를 선택한 것은 필시 안락한 삶보다 더 가치가 있어서일까? 내 생각을 읽은 것처럼 가던 녀석이 고개를 돌려 뒤돌아본다. 겨자색 눈동자의 심지가 가늘게 모아진다. 그 눈이 안락한 삶을 누리는 내게 묻는다.

"어제와 같은 오늘, 오늘과 같은 내일처럼 훤히 보이는 예고된 삶은 견딜 수 없어. 너라면 같은 잠자리, 같은 사료, 식상한 장난감, 권태로운 보살핌이 정말 행복이라고 믿고 싶니?"

정착하고 누군가에게 기대는 삶이 재미없다는 걸 이미 간파한 것일까. 쓰레기를 뒤질지언정 주고받는 관계는 맺고 싶지 않을지 모른다. 고양이의 눈이 무섭다고 하지만 어쩌면 그 눈빛보다도 더 섬뜩한 것이 이런 관계들이 아닐까.

주는 자가 있으면 받는 자가 있고, 부리는 자가 있으면 따르는 자가 있으며, 내가 이렇게 한 만큼 너도 그에 상응하는 무언가를 내게 주어야 하는 불문율. 마치 사람과 사람 사이의 관계처럼. 고용 관계도, 친구 사이도, 부부 사이도 보이지 않는 주고받음의 법칙이 있다. 무임승차는 절대 허용하지 않는다. 그런 인간들에게 먹을 것을 구걸하고 싶지는 않으리라.

관계를 거부한다는 점에서 볼 때 들고양이는 무정부주의자다. 제대로 된 혜택을 누릴 수 없다면 그런 관계를 거부할 권리도 허락해야 한다고 저녁 시간 어스름한 골목에서 시위하듯 어슬렁거린다. 어떤 고양이라도 소속되지 않을 권리를 누릴 자유가 있다고 말하는 것 같다. 품종에 따라 나누어지고 누구의 애완 고양이로 존재하는 건 용납할 수 없다고.

오히려 인간은 소속되지 못하면 소외감을 느낀다. 소속이 자신을 나타낸다고 믿고 거기에 들어가려고 노력을 한다. 나 또한 '나' 이전에 어느 국가의 국민이며 어느 시의 시민으로 등록되어 있다. 누구의 자식으로, 누구의 아내로, 누구의 엄마로 존재하는 나. 소속되지 않아도 당당한 들고양이보다 인간이 더 열등한 종족일 수 있다는 생각이 든다. 어딘가 어둔 골목에서 발등을 핥으며 자신의 정체성을 이런 소속으로 구분하는 인간을 비웃을지도 모른다.

들고양이는 충분히 매력적이다. 그 눈빛. 절대로 사육되지 않겠다는 신념과 길들여지지 않는 야성. 털 끝 하나라도 건들지 못할 카리스마가 있다. 인간의 동정은 받지 않겠다는 결연한 오기. 근사한 녀석이다. 이처럼 자유로운 영혼을 가진 아나키스트를 난 아직 본 적이 없다.

바나나의 불안한 숙명

바나나를 먹는 아침. 식빵은 오븐에 굽고 생크림을 꺼내 설탕을 넣고 휘핑기로 휘핑한다. 바나나를 썰어서 구운 식빵 위에 올리고 생크림도 욕심껏 한 스푼 떠서 올린다. 커피와 함께 토스트를 먹는다. 달콤하다. 바나나를 곁들인 토스트는 자주 즐기는 아침과 점심 메뉴다.

부엌엔 바나나가 배경처럼 있는 날이 많다. 하늘색 벽과 식탁 위의 노란 바나나는 잘 어울린다. 마치 화가의 작업실 같다. 설거지하고 뒤돌아봤을 때 보이는 이 풍경이 꽤 만족스럽다. 부엌 창으로 해가 들어오는 아침에는 선명하고 저녁의 미색 식탁 등 아래에서는 아늑하다. 눈이 즐거우면 사는 것도 윤이 난다. 이렇게 반짝이는 날들을 오랫동안 걷고 싶다.

바나나를 좋아한다. 쉽게 먹을 수 있어서 좋고, 노랗고 살짝 꼬부라진 모양이 좋고, 속은 부드럽고 달콤해서 또 좋다. 그리고 무엇보다 비싸지 않아서 좋다. 그중 쉽게 벗길 수 있는 것이 가장 큰 매력이다.

이 과일, 참 쉽다. 어쩌자고 이리 쉬울까. 터무니없이 순진하다. 과육이 달콤하면 밤처럼 까다롭기라도 하지 대책 없이 쉽다. 힘 한 번 안 쓰고 벗길 수 있으니 이보다 쉬운 상대가 어디 있을까. 칼도 필요 없이 엄지와 검지만으로 껍질을 젖히면 하얀 속살이 드러난다. 입에 넣고 손에 노란 껍질이 남을 때까지 달콤함에 푹 빠지기만 하면 된다. 바나나를 좋아하는 이유 중 하나도 쉽게 먹을 수 있다는 것이다. 몸을 써서 먹는 것보다 아예 먹지 않는 쪽을 선호하는 내게는 큰 행운이다.

사실, 여러 절차를 거쳐서 오는 것들은 좀 성가시다. 밤은 그중 유별나다. 석류, 밤, 대추, 호두. 이들은 수확하기도 힘들고 먹기도 힘들다. 게다가 가격까지 사악하다. 거기에 비교하면 바나나는 정말 착하지 않은가 말이다.

부드럽다. 과일이라면 대체로 상큼하게 씹는 맛이 있지만 이것은 예외다. 한두 번 씹으면 그대로 넘어간다. 힘들게 씹지 않아 턱에 무리가 없고 위에 부담도 없다. 이유식을 하는 어린아이부터 위가 약한 환자, 이가 좋지 않은 노인까지. 그리고 누구나 먹을 수 있는 대중성이 이 과일의 또 하나의 장점이다.

교정을 할 때 즐겨 먹던 음식이 바나나였다. 교정을 하고 딱 일주일이 되었을 때, 교정 장치를 다 뜯어내고 싶었다. 먹을 수 있는 음식은 오트밀이나 죽이었다. 식욕은 그대로인데 제대로 씹을 수 없을 때 포만감을 주었던 것이 바나나다. 아마도 바나나가 아니었으면 그 허기를 견디지 못해 교정 장치를 뽑아 버렸을지도 모른다.

적당히 길쭉하다. 굵기나 크기가 베어 물기 좋게 생겼다. 한 입 물었을 때 입안을 가득 채우는 포만감도 좋다. 마치 큰 사탕을 입안에서 녹여 먹을 때처럼 행복한 기분까지 든다. 볼이 미어지게 꽉 들어찬 기분이 허기를 채워준다. 영혼의 허기까지도 달래주는 그런 과일이 바나나가 아닐까? 그런 사람이 있잖은가. 외로울수록 먹는 것에 의존하고 허전해서 자꾸 위를 채우는 사람. 배가 불러도 뭔가 채우지 못한 기분에 계속 먹는 사람. 사람들은 결국 마음의 허기 때문에 무언가를 필요 이상으로 먹는 것인지 모른다.

잘 짓무른다. 아쉬운 점이 있다면 이것이다. 약간의 무게만으로도 꺼멓게 상한다. 상처에 약해서 조금만 흠집을 내도 바로 짓무르고 만다. 짓무른 바나나를 보면 애처롭다. 마음도 짓무를 때가 많아서 단단히 마음먹지 않으면 쉽게 무너지고 만다. 무너지고 짓무른 마음들을 일으켜 세우는 것도 쉬운 일이 아니니 그 전에 마음의 심지를 강하게 만드는 것이 먼저 해야 할 일이다.

내가 만약 누군가를 위한 과일이 된다면 바나나가 되고 싶다는 생각도 해 본다. 사과처럼 상큼하거나 배처럼 시원한 것도 좋겠지만 바나나처럼 쉽게 벗겨져서 부드럽고 달콤한 과육으로 허기를 채워 주고 싶다. 밤처럼 가시를 세우거나 코코넛처럼 딱딱한 껍질로 무장하지 않고 달고 부드럽게 입 속으로 들어가 미각을 행복하게 해 주었으면 한다.

바나나는 어느 모로 보나 최고의 과일이다. 대량 생산되어 유통되는 그 이면의 바나나 보급과 맞물린 불편한 역사를 논외로 친다면 말이다. 맛, 대중성, 가격, 편의성, 심미적인 색깔과 모양까지 다 충족한다.

그러나 한 가지 치명적이 약점이 있다. 우리가 먹고 있는 이 바나나는 과일이지만 씨가 없다. 야생 바나나는 씨가 있지만 대량 생산되어 유통되는 바나나는 그렇지 않다는 점이다. 생명이 있는 것들의 근원적인 번식능력인 씨가 없다. 암수 교배 없이 복제만 할 수 있는, '식물 육종가의 악몽' *이라는 바나나. 그렇기에 모든 바나나는 쌍둥이다.

이렇게 포기나 줄기로 복제할 수밖에 없는 한계성은 나에게 겁을 준다. 전염병이 확산되면 손을 쓸 수 없다는 것. 지금의 캐번디시보다 더 크고 맛있다던 그로미셸 품종은 이미 파나마병으로 멸종된 상태다. 어쩌면 머지 않은 날에 캐번디시조차 못 먹게 될 수도 있다는 두려움.

어떻게 하면 좋을까. 이 가련한 과일을. 이런 치욕을 생각하면 바나나도 그만 울컥 짓물러 버리고 싶을 것이다. 혀를 빼물고 죽어도 시원찮을지도 모른다. 결국 바나나의 치명적 운명은 쉽게 벗기는 것도, 달콤한 것도, 그 무엇도 아닌 자손을 남길 수 있는 씨 하나 없는 과육 덩어리라는 사실이 아닐까? 자손을 남기는 것은 모든 생명 있는 것들이 영원히 사는 방법인데, 종의 보존이라는 측면에서 바나나는 참 가련한 존재이지 싶다.

그런데 불행하게도 씨가 없는 것들이 바나나 말고 또 있다. 씨가 있어도 사회적으로 거세당한 'N포 세대'다. 이들의 앞날도 바나나의 운명만큼이나 불안하다. 내가 겁나는 것은 이들의 미래다. 씨 없는 바나나와 사회적으로 포기한 세대. 멸종의 기로에 선 그들의 불안한 운명이 닮은 꼴 숙명으로 바뀔까 걱정이다. 그러니 바나나 한 입을 베어 물 때마다 기도라도 해야 하지 않을까 싶다. 제발 긍휼히 여기사 바나나에게 씨앗을 품게 하든지, 병에 걸리지 않게 하고 N포 세대에겐 어떠한 조치라도 해 주십사 하고.

---

* 식물 육종가의 악몽 : 호주의 생명공학 연구자 제임스 데일은 바나나를 '식물 육종가의 악몽'이라고 말했다.

사십 대의 명세서

거울 속에 한 여인이 있다. 위기의 나이라는 사십 대. 낯설다. 어느 사이 여기까지 왔을까?

나한테만은 시간이 비껴갈 줄 알았다. 십 대 다음엔 이십 대가 있고, 이십 대 다음엔 삼십 대가 기다린다는 것도 알았다. 인정하고 싶진 않았지만 언젠가는 삼십 대가 오고 말리라는 것도 알았다. 그러나 사십 대가 오리라고는 정말이지 생각도 못했다. 사춘기 때 나의 미래는 딱 삼십 대까지였다. 그 이후의 삶은 생각해 본 적도, 생각하고 싶지도 않았다.

그런 것 있지 않나. 생리를 하기 전에는 정말 나도 생리를 하게 되는 날이 올까 싶은 생각. 나도 아이를 낳게 될까 하는 생각. 불투명한 미래란 현재엔 전혀 손으로 쥐어지지 않는 추상적인 개념일 뿐. 생리를 하고 아이를 낳고 나이를 먹는 것이 누구에게나 일어나는 자연적인 일이지만 나만은 비껴가리라는 발칙한 생각을 가졌다.

나만 그런 생각을 했을까? 다른 사람들도 나처럼 모호한 미래는 뜯어보고 싶지 않은 공과금 청구서 같은 것이 아니었을까?

내게 사십이란 등이 휜 할머니가 거쳐간 세월일 뿐이고 궁상스런 엄마가 가야 하는 가파른 언덕이라고만 생각했다. 사십 대 아줌마란 나와는 다른 종류의 사람이라고 말이다. 여자도, 남자도 아닌 애매한 호르몬을 가진 억센 종족 같은 대명사. 세대와 세대 사이 야릇하고 개성 확실한 투박한 집단에 속하는 불특정한 개인. 그런 사람들이 공유하는 시간들이 어김없이 내 앞에도 흐르고 있다.

사십이 되기 전, 딱 서른아홉에서 그대로 멈춰질 거라고 여겼다. 그때까지 살아 있기라도 할까. 사는 것이 아니라 살아내는 것이라고 생각했던 그때. 벼랑 끝에서 어디 한번 밀어 보라고, 마지못해 산다고 대들듯이 살았다. 불행이 두렵지 않았다. 얼마든지 불행해질 자신이 있었다.

그런데 말이지, 어느 틈에 나도 나이를 먹고 있었다. 서른여덟을 먹고 서른아홉을 먹고 마흔을 먹었다. 많은 욕을 먹고, 겁을 먹고, 수면제를 먹고, 아이가 남긴 밥을 먹는 동안 나도 모르게 나이를 먹고 있었다. 콩나물을 사고 고등어조림을 하고 아이 엄마들과 그룹을 만들어 농구팀도 짜고 수학 학원을 찾아다니는 동안 부지런하게 시간도 가고 있었다. 주말이면 시댁에 가고 집안 대소사는 달력과 수첩에 빠짐없이 메모했다. 방학이 코앞이면 아이들 체험학습 스케줄을 잡고 독서 목록을 짜면서도 내 앞의 계획은 항상 나중으로 미루면서 마흔을 넘었다.

왜 나이는 먹어야 할까? 걸치거나 감거나 두르는 것이 아니라 먹어야 하고 들어야 할까? 밥을 먹듯 그렇게 먹는 것이라면 난 얼마나 많은 밥그릇을 비웠던 걸까? 그것을 죽 늘어놓는다면 옆구리에 수북하게 쌓여 있을 것이다. 그래서 먹고 비운 그릇의 수만큼 묵직하게 나이를 들고 가야 하는 것을 나이가 든다고 했던 것인지 모른다. 먹은 나이를 이고 그 세월만큼 무겁게 살아가는 것인가 보다.

바라지는 않았지만 그렇게 먹은 나이를 토해 낼 수도

없고 물러달라고 할 수도 없다. 이렇게 마흔 줄에 엉덩이 깔고 앉았으니 인정할 수밖에 없다. 무를 수 없다면 즐기는 것이 상책이다. 지내다 보니 사십 대도 그리 억울하진 않다. 이십 대처럼 청순하진 않아도, 삼십 대처럼 아이를 업고 뛸 순 없어도 뭐, 썩 나쁘지는 않다. 아니, 좋다.

나이가 들어서 좋은 점은 관대해지는 것들이 많아지는 것이다. 화장을 안 하고 슈퍼마켓에 다녀도 아무렇지도 않고 다른 일 하다가 태운 냄비에 대해서도 너그러워진다. 자신에게 등도 두드려주게 된다. 막상 살아보니 꽤 괜찮다. 외출했다가 돌아와서 스타킹을 벗고 헐렁한 고무줄 바지를 입은 것처럼 편안하다.

어쩌면 지금이 내 인생에서 가장 행복한 시기인지도 모른다. 잘린 필름처럼 기억의 파편으로 남아 있는 유년기가 좋았는지 안 좋았는지는 평가할 자료도 없다. 콤플렉스와 방황으로 혼란스럽던 십 대는 안타깝기만 하고, 이십 대도 그리 화려하지는 않았다. 궁상스러워서 서글펐던 삼십 대는 더더욱 아쉬움 없다.

삶이 재미있다고 느낀 것은 바로 이즈음이다. 색 바랜 가구가 기품 있고 낡은 구두가 편안해서 좋은 시간의 이치.

화려한 장밋빛보다 아름다움의 정점에서 조금 비껴 있을 때가 더 편안하고 여유롭다. 군인들이 지나가도 더 이상 가슴이 뛰지 않아서 좋다. 배우자를 선택할 부담감이 없어서 좋고 앞날이 꼬일까 봐 걱정스럽지도 않다.

하이힐을 신고 미니스커트도 입는다. 기저귀 가방 들고 아이 업고 다니던 때엔 생각지도 못했던 일이다. 뒤늦게 부리는 멋이 은근히 재미있다. 같은 열정을 지닌 사람들과의 모임도 즐겁다. 같은 곳을 바라본다는 것이 어깨동무를 한 것처럼 든든하다. 요즘은 새로운 운동을 배우는 중이다. 눈을 조금만 돌려도 재미있는 일은 엄청 많다.

사십 대. 난 지금이 참 좋다. 새파랗지도 누렇지도 않은 나이. 아직 태울 수 있는 심지가 남아 있고 나는 언제든 타오를 준비가 되어 있다. 희망이 아직 고개를 돌리지 않은 시기. 그것이 사십 대다.

오십 대가 된다면? 그건 나중에 생각하기로 한다. 지금은 불혹을 즐기는 중이니까. 지천명의 명세서는 쉰이 된 후에 뜯어 보리라. 그때에는 오십 대가 인생의 절정이라고 말할지도 모른다.

나의 애마 아벨라

　　까만 자동차가 지나간다. 하얗게 꽃비를 뒤집어쓴 채 거리를 달린다. 봄비 내리는 거리. 까만 차에 점점이 떨어진 꽃잎들. 벚나무 아래 있다가 온 듯하다.

　연인을 만나고 오는 차는 아닐까? 저렇듯 천천히 가는 걸 보면 어쩌면 벚꽃나무 아래에서 연인과 헤어졌을지도 모른다. 바람 빠진 바퀴처럼 축 처져서 가까스로 집을 향하고 있는 건지도 모를 일이다. 자동차는 주인이 설정해 놓은 목적지로 그를 데려다 줄 것이다. 그러나 주인이 갈 곳을 몰라 할 때 옛 연인을 만나던 곳으로 데려다 줄 일은 절대 없을 것이다. 자동차는 말이 아니니까.

살면서 간절히 갖고 싶었던 것이 있었다. 남자와 자동차. 이십 대에 가졌던 두 가지 나의 욕망. 집에 대한 욕심은 한참 후에 생겼다. 욕망이라는 것은 묘한 데가 있다.

처음 시험을 볼 때는 단지 면허증을 갖기만 해도 좋겠다고 생각했다. 몇 번의 실기에서 떨어지다 어렵게 운전면허증을 따니 차가 갖고 싶어졌다. 사람의 마음을 사는 일도 그렇다. 처음엔 절대로 흔들리지 않을 것 같았다. 쉽게 넘어가진 않으리라 다짐도 하지만 조금씩 문을 열게 된다. 그러다 어느 순간 상대의 모든 것을 갖고 싶어진다.

자동차를 사는 일은 그에 비하면 쉽다. 돈만 있으면 되니까. 운전면허증을 따고 나서 가장 먼저 한 일은 있는 돈 다 털어서 차를 사는 것이었다. 지금이라면 내가 가진 전부를 차와 바꾸지는 않을 것이다. 이십 대라는 것이 그런 마법의 나이라는 사실을 알기까지는 십 년이란 시간이 필요했다. 그러니까 사랑 하나만 믿고 결혼도 했겠지. 용감한 것인지 단순한 것인지 나는 차를 살 때처럼 사랑을 할 때도 전부를 걸었다. 결국 하얗고 등이 동그란 물방개 같은 차를 갖게 되었다. 그것이 나의 첫 차 아벨라였다. 스물넷의 일이었다.

그러나 뿌듯함도 잠시, 아벨라는 일주일이 멀다 하고 몸에 상처가 났다. 한 번씩 긁힐 때마다 내 몸이 긁히는 듯 속이 쓰렸다. 들이박고 수리하고, 수리하고 들이박고의 반복이었다. 처음 차를 살 때 중고차를 사라는 주위의 말을 듣지 않은 걸 후회도 했다.

나는 늘 그랬다. 막상 닥쳐 봐야 깨닫는다. 결혼 생활처럼 말이다. 결혼은 사랑하는 남녀의 결합이라고만 생각했다. 그땐 왜 몰랐을까? 그건 문화와 문화의 충돌이고 사상과 사상의 충돌이란 것을. 애정의 완성이라는 환상만 가지고 꿈꾸던 결혼이 그토록 힘든 줄 그때 알았다면 어땠을까? 가지 않은 길은 언제나 미련으로 남는다. 그러나 그길은 그 길대로 그에 맞는 수업료를 지불하게 했을 것이다. 단언컨대 절대 싸지는 않았을 것이다.

결혼을 하면서 아벨라도 데려왔다. 시집 대문 바로 앞에는 작은 다리가 있었다. 그 폭이 좁았는데 조금이라도 걷는 게 싫어 다리를 건너 차를 집 앞에 주차했다.

한 번은 바퀴가 다리 밖으로 빠져 손을 쓸 수 없었다. 아침에 출근하려고 급하게 나가다 그리되었다. 한쪽 바퀴가 다리 밖으로 나가고 몸통은 다리에 걸터앉았다. 남편은

집에 없었다. 보험사에 연락을 해야 하나 발을 동동 구르
는데 때마침 종한이가 지나갔다.

초등학교 동창 종한이는 그 동네에 살고 있었다. 가끔
동네에서 남자 동창들과 마주쳤다. 그러면 나는 그만 숨
어 버리고 싶었다. 그들에게 난 동네 형수님이 되었다. 결
혼은 다른 사람들과의 관계도 어색하게 만들었다.

그날은 그 애가 몹시 반가웠다. 종한이는 단번에 차를
들어 다리 위에 올려놓았다. 그런 수고에도 나는 술을 사
줄 수도 없었고 돈을 줄 수도 없었다. 그저 고맙다는 말밖
에 할 수 없었다.

결혼 생활은 다리 위에 걸터앉은 차 같았다. 남편은 부
재중일 때가 많았고 난 이러지도 저러지도 못하는 상황에
늘 난감했다. 남편의 얼굴보다 시댁 식구나 주변 사람들
과 더 많이 마주했다. 남편과 결혼한 것이 아니라 시댁과
결혼한 듯했다.

낯선 생활은 힘들고 결혼이 만들어 놓은 관습과 위계에
주눅이 들었다. 그런 모든 것은 관계를 중심으로 이루어
졌다. 갈등은 관계 안에서 생겼다. 쉽게 바꿀 수 없거나
버릴 수 없는 것들은 늘 관계 안에 있었다. 접촉사고에도

오히려 친절을 베풀었던 사람들이나 직장 상사나 동료, 또는 종한이처럼 내게 호의적인 사람은 관계 밖에 있는 사람들이었다. 나는 관계 안에서 부딪치고 긁히고 찌그러졌다. 아벨라처럼.

차 안에 혼자 있을 때가 좋았다. 아벨라는 유일한 피난처이자 안식처였다. 울고 싶을 때나 집에 가기 싫을 때는 차를 몰고 하천 주차장에 갔다. 거기서 음악을 크게 틀어놓았다. 며느리로 사는 것, 아내로 사는 것을 만만히 봤던 것에 대한 대가를 톡톡히 치르던 그때, 묵묵히 나를 받아들이던 아벨라가 아니었다면 견딜 수 없었을지도 모른다.

차 안에서 캔자스의 'Dust in the Wind'를 들었다. 눈을 감고 있으면 현재의 어려움과 갈등이 먼지처럼 흩어질 것 같았다. 그렇게 스스로를 위로하고 다독이며 집으로 갔다. 아니, 시집으로 갔다. 가고 싶지 않아도 알아서 그쪽으로 가는 말을 타는 기분이었다. 가는 길이 아주 멀어서 한참만에 도착했으면 싶었다.

그런데 아벨라를 더는 탈 수 없게 되었다. 부천 가는 길에 아벨라가 멈춰섰다. 초여름이 시작될 무렵이었다. 차는 반월터널을 지나고 있었다. 터널에 들어서고 얼마 안 가서 앞쪽 보닛에서 연기가 났다. 그러더니 슬금슬금 가다가 멈췄다. 시동을 다시 컸다. 차가 움직이지 않았다. 덜컥 겁이 났다. 나의 아벨라는 허연 김을 토하며 길바닥에 주저앉았다. 매연이 가득한 터널 안에서 나는 죽어가는 아벨라를 붙들고 우는 대신 보험사를 불렀다.

부동액이 부족해서 엔진이 타버렸다. 나는 부리기만 하고 돌보지 않은 마부였다. 살펴가며 타야 했는데 그러지를 못했다. 첫 출고의 설렘은 시간이 흐르면서 점차 시들해졌고 운전 실력도 초보를 벗어나면서 애정은 조금씩 식어가고 있었다. 고장으로 카센터를 드나들기 시작하면서 한눈도 팔았다. 굉음을 내며 앞질러 가는 스포츠카나 거들먹거리며 천천히 지나가는 중형차를 흘끔거렸다. 욕심은 어느 순간 좀 더 근사한 녀석에게 가 있었다.

그걸 녀석도 알고 있었던 걸까? 까맣게 타들어간 엔진은 마치 녀석의 심장 같았다. 몸을 바친 주인에게 말 한마디 못하고 얼마나 속이 탔을까. 견인차에 매단 아벨라를 보았을 때 마음이 이상했다. 그리 심각하지는 않을 거라고 애써 무덤덤하게 생각했다. 그것이 아벨라와의 마지막이었다.

바꾼 차에 익숙해지느라 아벨라는 조금씩 잊혀졌다. 그때는 몰랐다. 그 차가 내게 어떤 존재였는지.

세월이 흘렀고 몇 번 차를 바꾸었다. 큰 사고도 없었고 이젠 주차장에서 어이없이 긁는 일도 없다. 그 사이 나는 아이 둘을 낳았고 신혼 초기처럼 하천 주차장으로 가서 우는 일도 없다. 영화 〈델마와 루이스〉에 나오는 주인공처럼 사회의 유리벽을 부수고 그랜드캐니언 벼랑 끝으로 차를 몰고 갈 듯 비장하게 살았던 이십 대도 과거 속으로 묻혔다.

꽃잎을 묻히고 주인을 태우고 가는 차를 보니 애틋해진다. 내게도 꽃잎을 뿌려 주고 싶은 차가 있었다. 인생의 초보 시절 나처럼 긁히고 찌그러진 차가 있었다. 말없이 내 울음소리를 들어주고 등을 감싸 주던 아벨라. 말이라 부르고 싶다. 나의 애마 아벨라!

봄, 피는 꽃 지는 꽃

　　미풍에 섞인 꽃내음. 가지마다 솜사탕을 걸어 놓은 듯 거리는 온통 벚꽃이다. 눈 쌓인 듯 소복한 가지를 휘어잡으면 솔솔 꽃눈이 내릴 것 같은 거리. 봄은 체리블로섬 향기처럼 달짝지근하고 십 대의 연분홍 스커트처럼 나풀거린다.

　　손은 운전대를 잡고 눈은 벚나무에게 가 있다. 빵 사러 나온 길. 흥얼거리며 인도를 본다. 정거장에 몇 명의 사람이 있다. 가만, 길에 누군가 앉아서 무얼 주섬주섬 늘어놓는다. 호기심이 인다. 속도를 줄이고 자세히 살펴본다. 자그마한 체구의 여자. 옷을 갈아입고 있다. 안방처럼 길바닥에 앉아서 천연덕스럽게 맨다리를 내놓는 늙은 여자. 껍데기만 남아 금방이라도 바스라질 것 같은 가늘고 휘어진 볼품없는 다리. 할머니를 지탱했던 두 다리, 그 사이로 동굴처럼 깊은 적막을 본 것 같다.

순간, 급정거를 한다. 할머니를 보다 앞차와 사고 날 뻔한다. 세상에 어쩌나. 하지만 어쩔 수 없이 지나쳐 버린다.

빵을 사면서도 생각은 그 정거장에 가 있다. 다시 집으로 돌아오는 길. 여전히 그 할머니가 있다. 검은 비닐봉지를 들고 지팡이를 짚고.

누군가 신고를 했을까? 그래도 혹시 몰라 동네 파출소에 전화를 한다. 십여 분 정도 지나서야 느긋하게 경찰차가 정거장에 멈춘다. 정거장에 앉아 있는 할머니에게 집이 어디냐고 묻는다. 코아루아파트라고 멀쩡하게 말씀하신다. 경찰은 집으로 가시라고 하면서 돌아서려고 한다. 나는 가려는 경찰을 막아선다.

두 가지 중 하나. 보호자가 애타게 찾거나, 일부러 버렸거나. 보호자를 꼭 찾으라는 내 말에 경찰은 어쩔 수 없이 할머니의 사진을 찍는다. 경찰이 할머니를 모셔다 드린다고 하자 할머니는 펄쩍 뛴다. 자신이 갈 수 있다고 하면서도 의자에서 엉덩이를 뗄 생각이 없어 보인다. 눈동자는 아파트 너머 먼 산에 가 있다. 까만 비닐봉지를 옆에 끼고 진회색 두꺼운 겨울 점퍼를 입은 할머니가 횡설수설 딴 말을 늘어놓자 그때서야 경찰도 난감한 표정이다.

봄 햇살이 나른한 정오. 초당중학교 앞 정거장. 분홍 립스틱을 똑같이 바른 뽀얀 여자애 둘이 뭐가 재밌는지 서로 툭툭 치며 웃는다. 웃음소리가 통통 공 튕기듯 구른다. 의자에 앉은 덩치 좋은 젊은 남자는 휴대폰 보느라 정신없다. 모두 할머니로부터 다른 쪽으로 시선을 둔 채 버스를 기다린다. 경찰은 시계를 보고 이맛살을 찌푸린다. 할머니는 웃는 것도 같고 찡그린 것도 같다. 겁난 표정 같기도 하고 걱정하는 것 같은 얼굴이 까맣다.

아파트 담장을 잡고 있던 노란 개나리가 이쪽을 보며 까르르 웃는다. 보도블록 틈새에서 솜털이 보송한 들풀이 고개를 내밀고 갸웃거린다. 810번 버스가 와서 청년을 태우고 떠난다. 5003번 버스가 여자애 둘을 마저 태우고 가버린다. 하지만 할머니의 버스는 도착하지 않는다.

기억의 어디쯤에서 잃어버린 할머니의 시계는 거꾸로 간다. 그 시간들은 행선지를 모른 채 정거장을 지나치고 젊은 시절을, 청소년기를 지나치고 있을지 모른다.

휴일의 도로는 간간이 차가 지나고 바람이 정거장 옆에 선 벚꽃 가지를 건드린다. 눈부신 연분홍 꽃무리. 가지가 꽃잎 몇 장을 떨어낸다. 나무를 벗어난 꽃잎이 한두 바퀴 허공을 돌다 내릴 듯 말 듯 바닥으로 떨어진다.

봄. 정거장 한쪽에서는 꽃이 피고 다른 한쪽에선 여자의 세월이 무너진다.

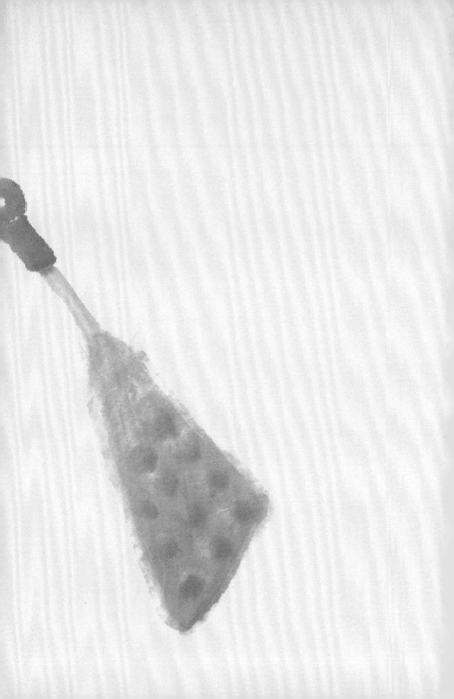

2.

행복해지고 싶은 날
팬케이크를 굽는다

시럽이 흐르는 따끈한 팬케이크를 나는 좋아한다. 달달하고 부드러운 그 맛. 그래서 가끔 팬케이크를 굽는다. 특히 팬케이크를 굽기 좋은 때는 비가 오는 날이다. 소나기가 퍼붓는 날도 아니고 찔끔 내리다 마는 날도 아니다. 시끄럽지 않으면서 하루 종일 적당하게 내리는 그런 날이 좋다. 무겁지도 가볍지도 않은 빗방울이 창 밖 자작나무 잎사귀에 떨어지는 날. 빗소리가 잔잔한 음악처럼 들리는 날. 그런 날 나는 밀가루를 꺼내 반죽을 한다.

먼저 볼에 달걀을 풀고 설탕과 우유를 섞는다. 박력 밀가루와 베이킹파우더, 바닐라 파우더는 체에 친다. 가루는 체에 쳐야 한다. 귀찮아서 그냥 하면 밀가루가 뭉친다. 부드럽지도 않다. 공기가 들어가야 폭신폭신해진다. 눈 내리듯 체에서 솔솔 내려온 밀가루가 믹싱 볼에 쌓인다. 눈 덮인 몽블랑 같다. 더러는 마룻바닥으로도 떨어진다. 바닥에도 금세 눈이 내린다. 가슴에도 눈이 내린다. 사락사락. 눈이 내리는 날엔 으레 누군가 그립다. 눈 위에 남겨진 발자국을 따라가 보면 그리운 얼굴이 뒤돌아서 웃을 것만 같다.

체에 친 밀가루를 손끝에 묻혀 본다. 작고 가벼운 입자가 부드럽다. 가는 체로 칠수록 더 부드럽다. 나도 밀가루처럼 부드러웠으면 좋겠다. 사분사분 유연하게 살면 얼마나 좋을까. 나라는 여자는 얼마나 가는 체로 쳐야 좀 더 섬세하고 부드러워질까?

재채기가 난다. 겨드랑이에 공기를 품은 밀가루 입자가 코끝에 달라붙었기 때문이리라. 어딘가로 가고 싶었나 보다. 무언가 그리워서? 가루가 되기 전 밀알의 동그란 몸체가 그리웠을까? 아님 바람에 누웠다 일어서는 일렁이는 밀밭이 그리웠을까? 그래서 아득한 지평선이 보이고 거기로 떨어지는 저녁 해가 보고 싶어 내려앉지 못하고 날아올랐을까? 이런 때 나도 문득 어딘가 그리워진다.

바닐라 파우더는 꼭 넣는다. 바닐라 향은 달콤해서 좋다. 넣지 않으면 밀가루 냄새가 난다. 아무리 맛이 좋아도 향이 좋아야 먹고 싶어진다. 입으로만 먹는 것이 아니다. 눈으로도 먹고 코로도 먹어야 제대로 먹는 것이다. 위를 채웠다고 포만감이 느껴지는 것은 아니다. 뇌가 포만감을 느껴야 배도 부르다.

사는 것도 그렇다. 경제적으로 풍족하다고 충만한 삶은 아니다. 감성이 흐르는 삶이 인생을 아름답게 한다. 감미롭게 살고 싶다. 바닐라 향처럼.

동남아시아 지방에 머물 때 나를 도와준 사람은 마크였다. 그는 나의 수영 강사였는데 집을 구하는 것부터 식수를 올려다 주는 일, 세탁물을 맡겨 주는 일까지 그가 다 해 주었다. 그 덕에 편하고 안전하게 지낼 수 있었다.

그곳에서 맞은 생일 아침이었다. 그날도 비가 왔다. 늘 그래왔듯이 아침 식사는 아래층 레스토랑에 가서 클럽 샌드위치나 포테이토 스프를 주문할 생각이었다. 그곳 포테이토 스프는 꽤 괜찮았다. 감자와 양파가 잘 섞인 맛이 부드러웠다. 거기에 크림을 살짝 올려 고소한 맛을 더했다. 한국에 와서도 그 맛이 그리워 스프를 만들었다. 그러나 매번 실패였다. 재료만 같다고 맛이 같을 순 없는데 미련하게도 자꾸 시도했다. 그리움과 미련스러움은 어쩌면 같은 의미인지도 모른다. 미련하니까 그리워하고, 그리우니까 미련스럽게 집착하는 것이리라.

현관문 앞에서 마크는 봉투를 들고 있었다. 종아리에는 흙물이 묻어 있었고 웃옷은 비에 젖어 있었다. 콧수염이 난 둥글고 까만 얼굴에 웃음기가 돌았다. 뭔가 대단한 걸 보여 줄 사람처럼. 그리고 물씬 풍겨오던 땀 냄새. 숨을 몰아쉬며 생일 선물이라고 가져온 봉투엔 따뜻한 팬케이크가 들어 있었다. 언젠가 그에게 팬케이크가 먹고 싶다고 한 적이 있었는데 잊지 않고 기억했던 것이다.

"Thank you for breakfast."

내가 했던 말은 네 마디였다. 단 네 마디로 고마운 마음을 전달하기엔 부족했지만 그보다 적절한 말이 생각나지 않았다. 나의 영어 실력은 그때나 지금이나 그 수준에 머물러 있다. 입에서만 맴돌던 말은 끝내 상대에게 건너가지 못했고 닿지 못한 언어들은 앙금처럼 가슴 바닥에 켜켜이 쌓였다.

마크는 다시 자전거를 타고 비 오는 거리를 지나서 그의 집으로 갔다. 이차선 도로를 건너고 드러그 스토어를 지나 군데군데 패인 흙길을 가는 마크를 빌라 창 너머로 보았다. 어느 순간 가게 옆 골목으로 사라져 보이지 않을 때까지.

나는 그가 놓고 간 팬케이크에 버터를 넉넉하게 발랐다. 그 다음엔 메이플 시럽을 올려서 천천히, 아주 천천히 먹었다. 행여 식을까 열심히 자전거 페달을 밟았을 그의 낡은 샌들과 젖은 등을 생각하면서. 그리고 그가 사라진 골목 어디쯤에 있을 그의 집을 상상하면서.

체에 친 것들을 달걀 푼 것에 넣고 가볍게 저어서 매끄럽게 떨어지는 반죽을 만든다. 팬에 기름을 두른 후 한 국자 떠 넣고 동그랗게 부친다. 불을 아주 약하게 해야 카스텔라처럼 서서히 부풀어 오른다. 그리고 분화구 같은 작은 구멍들이 생기면서 부드러운 단내가 난다.

구멍들을 보고 있으면 웃음이 난다. 꼭 나 같다. 난 구멍투성이인 사람이다. 멀쩡해 보여도 생각보다 무르고 실수도 많다. 게다가 소심하기까지 하다. 실수로 낸 구멍만 있는 게 아니라 상처로 뚫린 구멍도 많다. 만약 가슴이 헝겊이라면 아버지가 입던 '난닝구' 등판처럼 되어 있으리라. 그리고 보면 산다는 것은 구멍 난 속옷 위에 멀쩡한 겉옷을 걸치는 게 아닐까. 아무렇지도 않게 슬픔을 삭이고 아무도 모르게 아픈 구멍을 가리는 것처럼 말이다.

구멍이 있어서 팬케이크는 폭신하고 부드럽다. 사람도 그럴지 모른다.

한 번 뒤집어 주고 조금 기다리면 된다. 다 구워진 팬케이크를 접시에 담고 따뜻한 커피 한 잔도 식탁에 놓는다. 여기에 메이플 시럽을 곁들이면 맛이 풍부해진다. 올리고당으로 대신해도 되지만 이것은 별로다. 사람이 그러하듯 물건도 서로 어울리는 짝이 있다. 음식도 궁합이 잘 맞아야 한다. 가래떡과 조청, 토스트와 딸기잼처럼.

버터가 있으면 살짝 바른다. 생크림도 훌륭하다. 좀 가볍다 싶으면 바나나를 올려서 먹는다. 다만, 잊지 말아야 할 것이 있다. 혼자 먹더라도 꼭 예쁜 접시에 담아 먹을 것. 커피는 가장 아끼는 잔에 따라 마실 것. 여왕처럼 우아하고 기품 있게 먹을 것.

빗소리를 들으며 먹는 점심으로는 팬케이크가 그만이다. 행복해지고 싶은 날, 나는 팬케이크를 굽는다. 커피는 그윽하고 팬케이크는 달다. 이런 날 내 삶도 그윽하고 달콤해진다.

내 삼십 대의 배경 솔뫼마을

　　송홧가루가 날렸다. 열어 놓은 창문으로 들어와 노랗게 쌓이던 송홧가루를 손으로 쓸면 여린 솔잎 향이 났다. 해마다 송홧가루의 미세한 입자가 코끝에 묻으면 생각나는 마을이 있다. 그래, 그곳에 살았었다. 이름 그대로 마을 뒷산에 병풍처럼 소나무들이 둘러서 있었다. 오월이 되면 송화가 날리던 마을. 베란다에 널어놓은 아이 기저귀에도 노랗게 송화가 묻어 있곤 했었다.

　　성준 엄마의 목소리가 세월을 거슬러 내 방 전화기를 울린 것도 송화가 날릴 즈음이었다.

　　"정연 엄마, 나 기억나? 솔뫼마을 살던…."

순간, 기억은 십 년 전 살던 그 마을 벗나무에 다다랐다. 마을 앞길에 아주 오래된 왕벗나무가 있었고 그 옆을 따라 개살구나무가 봄이면 꽃을 피우곤 했다.

외딴 마을. 버스도 얼마 지나가지 않는 시골에 달랑 빌라 열 동이 전부였다. 한 동에 보통 다섯 가구가 살았다. 성준네는 우리 아랫동이고 상건네는 바로 옆 동이었다. 고만고만한 아이들을 키우던 사람들이라 가깝게 지냈다. 때론 아이들이 다투면 어른들이 토라지기도 했지만 깊은 골은 생기지 않았다. 자연처럼 사람들도 순했었다.

한 번은 3동에 사는 노부부가 개를 들여왔다. 하얀 개였는데 이층 베란다에 놓고 키웠다. 어느 날 갑자기 개 비명이 들렸다. 바로 뒤이어 옆집 상건 아빠의 느리고 굵은 충청도 사투리가 들렸다.

"개 떨어졌슈~."

베란다에서 내려다보니 개는 땅바닥에 떨어졌고 그걸 목격한 상건 아빠의 다급한 목소리였다. 물론 전혀 다급하게 들리지 않는 충청도 특유의 느리고 느린 사투리였다. 어쩜 그 순간에도 말이 그렇게 느린지. 그 이후부터 동네 사람들은 상건 아빠만 보면 '개 떨어졌슈' 하면서 놀려댔다.

그 개는 다행히 죽지는 않았지만 여러 날을 앓았다. 밤마다 개 앓는 소리가 며칠씩 온 마을에 퍼져나갔지만 누구 하나 그 노부부의 집에 가서 따지는 사람은 없었다.

내 아이는 옆집 상건이와 아랫집 성준이와도 잘 놀았다. 그래서 아이는 인형이나 소꿉놀이보다는 총이나 칼, 자동차 같은 장난감을 많이 가지고 놀았다. 셋은 참 잘 어울렸다. 주로 부지런한 상건이가 먼저 움직였다. 늦은 아침 설거지를 마치면 옆집 상건이가 아이를 부르는 소리가 들렸다.

"저년아, 노올자."

성준네 집에 가면 성준이가 정연이에게 먹을 것을 주곤 했다.

"저년아, 이거 같이 먹자."

상건이와 성준이는 아직도 정연이의 이름을 '저년'으로 기억하고 있을까?

그 동네에선 봄이면 벚꽃이 흐드러지게 피고 여름이면 산딸기가 익어 갔다. 우리는 초여름 저녁이면 향나무가 늘어선 길을 아이와 함께 걸었다. 비 내린 후에 걷는 길에선 향나무가 진한 향을 피워 올렸다. 그 길에서 아이는 때때로 산딸기를 찾았고, 가끔 이름 모르는 들꽃을 꺾어 왔다. 가을이면 밤이 여물고 은행잎이 떨어졌다. 그리고 겨울, 눈 덮인 고즈넉한 마을의 키 큰 나무에서는 까치가 울어댔다. 다섯 번 꽃이 피고 다섯 번 낙엽이 떨어졌다. 내 아이는 기는가 싶으면 걸었고 걷는가 싶으면 뛰어다녔다.

나는 거기서 큰아이와 작은아이를 낳았고 큰아이가 다섯 살 때 그 동네를 떠나왔다. 그로부터 십 년이란 세월이 빠르게 지나갔다. 세상은 변했지만 그 동네에서의 오 년은 내게 있어서 정지된 화면이다.

그 정지된 화면은 지금 어디에도 없다. 마을이 없어지고 계획된 토지에 높은 아파트가 들어섰다. 매일 걷던 향나무 산책로는 초등학교가 되어 버렸다. 그곳에 그림처럼 마을이 있었는데. 거기엔 세발자전거를 타고 의기양양하던 아이도 있었고 순박한 마을 사람도 있었는데….

사람들은 지금이 중요하고 지나간 것들에 대하여 조금은 관대해진다. 당시에는 꽤 지겨웠는데 지나고 보니 그때가 좋았더라 하면서 말이다. 나도 그런 사람 중 하나일 것이다.

솔직히 그곳의 현실은 지겹기도 했었다. 마을은 조용했

고 슈퍼마켓이라도 가려면 자동차가 있어야 했다. 한여름 아이들에게 아이스크림을 사 주려면 한참을 걸어 나가야 했다. 매일 보는 사람이 그 사람이었고 매일 같은 아이들이 나와서 놀곤 했다. 너무 시골스럽고 불편해서 빨리 이사를 나가고 싶었다. 사는 집이 좁고 답답해서 견딜 수가 없었다. 그래서 언제쯤 그 지겨운 곳을 떠날 수 있을지를 계산하며 살곤 했다.

그럼에도 그곳이 그리운 것은 이젠 더 이상 그 자리에 그 마을이 있지 않아서일 것이다. 없어진 지금에서야 그 시골스러움이, 그 불편함이 편리함보다 더 소중해졌기 때문이다. 전철이 들어서고 슈퍼마켓이 생기고 학원이 생겨서 사는 게 편리해진 지금보다 자연을 거스르지 않고 살았던 조그만 시골 동네가 더 사람 사는 것 같았다.

그것만이 아니다. 거기엔 돌아갈 수 없는 내 아이의 유년과 나의 삼십 대가 있었다. 삼십 초반의 나는 언제까지 젊을 줄만 알았다. 하지만 시간은 비껴가지 않았고 꽃이 피고 지듯 어김없이 다가오는 시간의 순서에 따라 나는 나이를 먹었다. 변하지 않는 건 언제나 계절과 자연이었다. 아이의 얼굴보다 그 위로 하얗게 부서지던 햇살이 기억나고 눈을 감으면 멀미나게 파랬던 초가을 하늘이 떠오른다.

송화가 날리면 오월, 조용한 오후의 솔뫼마을이 펼쳐진다. 지나온 시간이 그립고 그곳에 있던 사람들도 그립다.

전화가 걸려온 그날, 나는 소중한 것들을 적어 놓는 노트에 한 가지 목록을 추가했다. 1997~2002. 솔뫼마을에서 두 아이를 낳고 삼십 대 초반을 보내다.

분홍 부츠

　　크리스마스가 가까울 무렵이었다. 아파트 장에서 그 분홍색 부츠를 본 순간 그건 정말 큰아이를 위한 부츠라고 생각했다. 벨벳 느낌의 분홍 천을 꽃무늬로 누비고 무광택의 앞코와 날씬하게 빠진 옆선이 앙증맞고 멋스러운 부츠였다. 큰아이의 진분홍 무스탕에 그 분홍색 부츠를 신긴다면 얼마나 깜찍하고 예쁠지. 사기도 전부터 설레었다.

　"이쁜이도 하나 사 줄까?"

　값을 치르고 나오다 멈춰서 작은아이를 보았다.

　"괜찮아."

　별로 관심이 없는 듯했다.

작은아이는 신발이 많고 얼마 전에 사 준 부츠도 있었다. 큰아이는 계속 사 줘도 옷이며 신발이 부족했다. 학교와 학원을 다니던 큰아이에 비해 아직 유치원도 가지 않는 작은아이는 항상 옆에 있으니 크게 신경 쓰지 않았다. 주위에서 물려받은 것도 많아 굳이 새로 살 필요가 없다고 생각했다.

요의를 느껴서 잠이 깼는지 작은아이의 기척에 잠이 깼는지는 잘 모르겠다. 두 아이에게 책을 읽어 주다 잠이 든 것 같았다. 불은 꺼져 있었지만 달빛이 있어서 어둡지 않았다. 큰아이의 머리맡에는 낮에 사 준 분홍 부츠가 놓여 있었다. 큰아이는 거실에서 그걸 신고 걸어 보기도 하고 화장대 의자에 올라가 거울을 보기도 했었다. 신발장에 갖다 놓으라고 했지만 아이는 그러지 않았다.

작은아이가 살며시 일어났다. 일어나서는 나를 쳐다보았다. 자는 척했다. 작은아이는 가끔 밤에 실수를 했는데 그럴 때마다 혼자 젖은 내복을 벗고 옷장에서 다른 내복을 꺼내다 몰래 입었다. 그러고는 젖은 이불과 내복은 다른 쪽으로 치워 놓고 내 이불 속으로 들어와 잠을 잤다. 나는 그런 걸 다 알고도 모른 척했다.

그래서 그날도 자는 척했는데 아이는 오줌을 싼 것이 아니었다. 제 언니를 살펴보더니 머리맡으로 가서 조심스레 분홍 부츠를 만져 보는 것이었다. 아이는 쓰다듬듯이 부츠 앞코를 문지르더니 바닥에 내려놓고 일어섰다. 그 다음 발을 들어 부츠에 밀어 넣었다. 오른쪽 발을 넣고 나자 중심을 잡으며 나머지 왼쪽 발을 넣는 것이었다. 그리고는 살살 제자리에서 걸어 보는 것이었다.

　달빛에 동그란 단발머리가 보였다. 꼬부라진 머리칼이 귓불 위로 말려 올라가 있었다. 반곱슬머리. 네 살배기 통통한 볼도 보였다. 국어사전에는 없는 말도 잘 만들어 내던 아이였다.

　"엄마, 이건 왜 초래?"

　"엄마, 등 좀 가려 줘."

　노래, 파래, 빨개는 되면서 왜 '초래'는 되지 않는지, 먹여 줘, 신겨 줘는 되면서 가려운 곳을 '가려 달라'고 하면 왜 안 되는지 아이는 반문했다. 언어든 생활이든 나름의 법칙을 터득하던 전조작기前操作期의 아이에게 서열도 그 중의 하나였을지 몰랐다.

　작은아이는 얌전히 부츠를 벗어 놓고는 제 이부자리로

들어갔다. 큰아이는 자신의 머리맡에서 그런 일이 일어난 줄도 모르고 곤히 잠들어 있었다. 방안은 마치 갈색으로 빛이 바랜 흑백사진 같았다. 미처 닫히지 않은 화장실 문과 동화책이 꽂혀 있는 책꽂이. 그리고 달빛이 들어오는 창. 큰아이의 고른 숨소리가 들리고 방 한쪽에 세워 둔 크리스마스트리에서 작은 불빛들이 켜졌다 꺼졌다 했다. 괜찮다고 했던 작은아이의 목소리도 불빛처럼 들렸다가 사라지고, 다시 들렸다가 사라지고를 반복했다.

칼국수를 만들며

갑자기 칼국수가 먹고 싶어졌다. 바지락 칼국수도 아닌 유명한 아무개 칼국수도 아닌 그냥 엄마가 해 주던 그 칼국수. 채 썰어 살짝 절인 애호박을 볶아 고명을 얹고 고추와 파, 마늘을 송송 썰어 고춧가루와 참기름을 넣은 조선간장으로 간을 한. 조미료 한 숟가락, 육수용 멸치 한 마리 넣지 않은 칼국수. 맛있고 유명하다는 칼국수 집을 다녀 봐도 엄마가 해 주던 그런 맛을 내는 곳은 없었다.

혼자 칼국수를 만들었다. 반죽하는 것부터 쉽지 않았다. 엄마가 하던 모양을 기억해 내고 해 보았지만 수월치 않았다. 너무 되면 밀가루가 덩어리끼리 따로 놀고 물을 더 부으면 질어져 손에 들러붙었다. 힘을 주어 주무르면 일그러지고 힘없이 주물러도 뭉쳐지지 않았다. 쫀득하고 끊어지지 않는 면발을 만들려면 반죽이 중요한데 잘 되지 않았다.

반죽은 적당히 말랑하고 적당히 차져야 한다. 그 '적당히'가 힘들었다. 어렸을 때에도 가늠하기 힘든 것이 '적당히'라는 말이었다. '소금 좀 두어 됫박 가져오너라' 하면 도대체 한 되인지 두 되인지 아리송했다. 얼마나 가져와야 되는지 물으면 언제나 '적당히 가져와라' 하는 것이었다. 그래서 내 마음대로 가져가면 엄마의 지청구를 들으며 다시 가야 했다.

어른이 되어서도 그게 늘 쉽지 않았다. 칼국수 반죽처럼 적당한 관계들이 힘들었다. 바빠서 연락하지 않으면 서로 데면데면해지고, 편하다고 자주 보면 생활에 여기저기 들러붙어 귀찮아졌다. 너무 가깝지도 멀지도 않게 '적당히' 좋은 관계를 유지하기가 쉽지 않았다. 가족끼리도 너무 가까우면 상처를 주고 그렇다고 남처럼 대하면 남보다 못한 관계가 되었다.

어렵사리 한 반죽을 손바닥 만한 정도로 둥글납작하게

만들어 홍두깨로 밀었다. 간간이 밀가루를 앞뒤로 뿌려 주어 바닥에 들러붙지 않도록 해야 했다. 홍두깨로 미니 조금씩 반죽이 커져 갔다. 그러기를 여러 번 해야 얇고 커다란 동그라미를 만들 수 있다. 한두 번에 동그라미가 커지는 일은 없었다. 요리조리 돌려가며 골고루 밀어 줘야 모나지 않은 커다란 동그라미가 되었다.

사랑도 모나지 않게 해야 했다. 특히 자식들에게는 더욱. 남동생의 그릇에 더 많이 올려지던 국수사리들. 항상 남동생이 먼저였다. 당연하게 여겨지던 아들에 대한 편애가 모난 돌처럼 가슴을 찌를 때가 얼마나 많았던가.

둥그렇던 반죽이 삐죽삐죽 모가 났다. 누구 마음처럼. 그래도 칼국수의 맛만큼은 어느 자식에게나 공평했다. 얼마나 다행인지.

보자기처럼 둥글게 넓혀진 반죽을 착착 접어 도마에 올려놓고 썰었다. 엄마가 할 때는 꽤 재미있게 보였는데 쉬운 게 아니었다. 하긴 칼국수를 저녁으로 해 먹는 날이 많아서 눈 감고도 척척 썰어 낼 만큼 지겹게 해 대던 칼질이었을 것이다. 그 많은 날을 또각또각 고른 길이로 칼국수를 썰던 엄마가 안 계셨다면 내 삶과 입맛도 지금과는 달랐을지 모르겠다. 그래서 가운데가 오목하게 파인 낡은 도마처럼 오랜 날 자신을 깎으며 살아온 엄마의 칼국수를 먹고 싶단 생각도 안 했겠지.

양념장에 넣을 풋고추가 없었다. 꿩 대신 닭이라고 냉장고에 넣어 둔 피망을 꺼내 배를 갈라 씨를 빼어 썰고 마늘과 파, 고춧가루, 참기름을 준비했다. 종지에 그것들을 담고 마지막으로 조선간장을 부었다.

꼭 '조선간장' 이라야 했다. 달짝지근한 왜간장은 칼국수 맛을 버린다. 그때는 진간장을 '왜간장' 이라고 불렀다. '조선' 이라는 단어가 들어가면 왠지 진짜임을 나타내는 것 같고 '왜' 라는 단어가 들어가면 어딘지 모르게 버금이라는 생각이 들었다. 왜간장에 밥 비벼 먹는 걸 좋아했는데 그래서였을까. 엄마의 눈에 난 으뜸이었던 적이 없었던 것 같다.

요즘은 조선간장을 국간장이라고 부른다. 담그는 과정 하나하나가 정성과 시간이 아니면 빚어 낼 수 없는 것이 우리네 '장' 이다. 조선간장은 은근하고 무던해야 한다. 오래 기다려야 맛도 깔끔하면서 칼칼한 깊은 맛을 낸다. 엄마는 꼭 간장 항아리 같았다. 멋 부릴 줄도 모르고 고집스레 그 자리 지키고 앉아 해만 바라보는 간장 항아리.

　칼국수가 다 된 것 같아 그릇에 담았다. 그런데 국수가 풀어져 죽에 가까웠다. 역시 반죽에 문제가 있었다. 칼국수 먹고 싶다고 하루아침에 차진 반죽을 만들 수 있는 것이 아니었다.

　아마도 엄마처럼 되기는 힘들지 않을까 싶다. 능숙하게 반죽을 하려면 자주 칼국수를 해먹어야 하는데 그렇게 되긴 어려운 일이다. 칼국수를 끼니로 때울 만큼 어려워야 하고 적어도 마당엔 네모진 평상이 있어야 칼국수를 먹으며 붉게 노을 지는 앞산을 볼 수 있다. 한쪽엔 일하고 오신 아버지가 등목을 할 펌프가 있어야 하고 대문 입구엔 늘어지게 하품하는 누렁이가 있어야 한다. 그리고 묵묵히 고생하며 살아온 엄마처럼 미련해야 하는데 난 그렇지 못하다. 그러고 보니 정작 먹고 싶었던 건 칼국수가 아닐지 모른다는 생각이 들었다.

흔들리는 날엔

　　냉동고를 열었다. 구석에 얼어 있는 묵가루를 꺼냈다. 꺼내다 보니 지난 추석에 먹다가 넣어 둔 곶감이 허옇게 얼어 있었다. 작년에 받은 은행도 봉지째 그대로였다. 바로 먹지 않을 것은 습관적으로 냉동실에 넣는데, 보관 기일은 따로 없다. 순전히 내 마음대로다.

　　요리가 되지 못하고 사라지는 재료들도 이곳을 거친다. 일단 이곳에 두어야 마음이 편해지는 것은 왜인지. 바로 버리지 못하는 우유부단함 때문에 냉동실은 언제나 만원이다. 어디 식재료만 그러겠는가. 식재료가 아닌 것들도 얼려 둘 냉동고 같은 건 없을까?

해결하지 못한 문제도 거기에 넣어 두고 싶다. 당분간은 보고 싶지 않다. 정리하지 못한 느낌들도 이곳에 보관하고 싶다. 애정인지 애증인지 분간하기 어려운 느낌들. 서운함과 홀가분함의 그 이중성. 때로는 호감인지 친절인지 선긋기 힘든 유혹들이 나를 흔들 때가 있다. 뚫린 가슴으로 지나가는 어쩌지 못하는 바람 같은 감정들도 있다. 이런 것들도 여기에 넣어 얼리고 싶다. 딱딱하게 얼어 버린 감정이 차라리 견디기 쉬울 것이다.

7 대 1의 비율로 물과 묵가루를 섞는다. 묵을 쑬 때는 비율이 중요하다. 묵 종류마다 물을 붓는 비율도 달라진다. 내가 정해 놓은 비율은, 도토리묵은 7 대 3, 동부묵은 그보다 묽게 8 대 1 정도다.

이성과 감성도 적정 비율이 있다. 그중 어느 한쪽이 비대해질 때는 조심해야 한다. 감성이 넘치면 실속이 없다. 예민해지며 붕 떴다가 우울해지기도 하는 등 감정의 기복이 고무줄처럼 늘었다 줄었다 한다. 이성이 넘치면 실속은 있으나 메마르고 거칠어서 사는 맛도 덜하다. 감성이 모자라면 마음이 가난하고 이성이 부족하면 몸이 피곤해진다.

묵을 쑤게 될 줄은 몰랐다. 묵을 좋아하지도 않는다. 음식을 잘하지도 못한다. 더구나 많은 시간이 걸리고 꼬박 지키고 서서 해야 하는 것은 아예 쳐다보지도 않는다. 가늘고 길게 살자가 인생의 슬로건인 만큼 체력이 소모되는 일 앞에선 언제나 꼬리를 내린다.

그런 내가 묵을 쑤는 것은 순전히 엄마라는 타이틀 때문이다. 아이들이 묵을 집어 간장에 찍고 고개를 뒤로 젖히고 먹는 모습이 좋아서다. 식혜나 호박죽도 마찬가지다. 긴 시간을 말없이 서서 음식을 만드는 수고보다 목으로 꼴딱 넘어가는 그 짧은 순간을 보기 위해 조리대 앞으로 간다.

묵을 쑨다. 이건 일종의 종교적 행위라고나 할까? 나는 도를 닦는 수행자가 된다. 묵묵히 묵 솥만 바라보며 그 일에 집중하다 보면 나는 없어지고 묵만 존재한다. 어떤 잡념도 내려놓아야 하는 작업이다. 오로지 말랑하고 연하고 입속으로 쏘옥 빨려 들어가는 묵을 쑤기 위해서 수도자처럼 경건해진다.

묵을 쑤는 방법은 쉽다. 묵가루를 물에 풀고 가열하면서 처음부터 끝까지 저어주기만 하면 된다. 인터넷을 검색하면 도토리묵에서부터 올방개묵까지 쑤는 방법이 많이 올라와 있다. 그대로 따라만 하면 된다. 묵 쑤기는 그야말로 식은 죽 먹기다. 그러나 묵을 쑬 때 꼭 지켜야 할 계명이 있다.

첫째, 한눈팔지 않는다. 휴대폰은 받지 않는다. 주걱으로 계속 저어주지 않으면 눌어붙거나 갑자기 끓어오를 수 있으므로 절대로 자리를 비워서는 안 된다. 자칫 휴대폰 받으며 굶주린 언어를 방사하다가는 태워먹기 십상이다. 묵 앞에서는 한눈도, 두 눈도 안 된다.

둘째, 기다린다. 충분한 시간을 할애해야 한다. 금방 끓기는 쉬워도 한참을 주걱으로 저어주어야 몰캉몰캉 차진 묵이 된다. 다 되었어도 바로 먹기는 힘들다. 펄펄 끓는 묵을 바로 먹을 순 없다. 온기를 식혀야 정형화된 묵의 맛을 볼 수 있다. 미리 경고하지만 성질 급한 사람은 만들어 먹다가 스트레스 받을지도 모르니 그냥 사서 먹기를 권한다.

셋째, 흔들리지 않는다. 쑤는 것은 쉬워도 언제 다 된 것인지 알기는 어렵다. 이럴 땐 끓고 있는 솥 가운데에 주걱을 세로로 세워 놓는다. 다 되었다면 점성 때문에 주걱이 흔들리거나 쓰러지지 않는다. 주걱이 묵 솥 가운데에 꼿꼿하게 서 있어야 제대로 된 것이다.

다시 한 번 반복한다. 한눈팔지 말 것. 기다릴 것. 흔들리지 말 것. 휘휘 잘 저어지던 주걱이 조금씩 무거워진다. 녹말 입자들이 가열되며 점성을 높인다. H_2O와 녹말 입자는 서로 밀착된 상태에서 옆의 커플들과도 단단하게 한 몸이 된다. 그들의 단결이 주걱의 열운동 에너지를 더디게 한다. 그럴수록 나는 주걱을 단단히 쥐고 팔 안쪽의 근육에 힘을 준다. 녹말 입자와 물보다 내가 더 힘이 세다. 힘으로 밀어붙인다.

주걱이 바닥을 긁으며 마찰에너지가 커지기 시작한다. 그러나 휘두르면 휘두를수록 그들의 저항력은 점점 세지고 팔의 힘은 약해진다. 주걱으로 반을 갈라도 언제 그랬냐는 듯 스르르 허물어져 다시 한 덩어리로 돌아간다. 약자들의 응집력은 묵을 쑬 때도 예외는 아닌가 보다.

팔에 무리가 온다. 이번에는 왼쪽으로 바꾸어 쥔다. 왼쪽 팔이 왼쪽 손을 이끌고 묵 솥을 휘젓는다. 조금 어색하다. 늘 오른쪽이 맡아 하던 일을 왼쪽이 하니 서투르다. 그래도 오른쪽이 하던 만큼은 아니어도 왼쪽에게 잠시 내어주니 수월하다. 무엇이든 협업이 중요하다. 좌인지

우인지 이분법으로 따지면 될 일도 안 된다. 하다못해 묵 쑤는 일도 좌우 합작해야 성공한다. 통일이 늦는 것도 이 것이 이루어지지 않아서 그런 것은 아닌지.

번갈아 몇 번을 하고 나니 팔에 힘이 빠지고 잘 저어지 지도 않는다. 얼추 다 된 모양이다. 마지막으로 주걱을 솥 한가운데에 세워 놓는다. 쓰러지지 않을까? 쓰러진다면 다시 저어야 한다. 흔들린다면 흔들리지 않을 때까지 나 를 다독여야 한다. 나도 누군가의 마음속에 흔들리지 않 는 기둥으로 남고 싶지 않았던가? 주걱은 녹말들의 단단 한 결속 위에 끄떡없이 홀로 서 있다. 나를 받쳐 주는 그 무엇들이 나를 흔들리지 않게 하는 것처럼. 다 되었다!

그런 날이 있다. 누군가 나를 보고 맘에 들어 한다면 그 냥 그를 따라가고 싶은 날. 가슴에서 바람 소리가 들리는 날. 야들야들 묵처럼 한 번 흔들려 보고 싶은 날. 그런 날 에 묵을 쑨다. 묵 쑤기 계명을 주문처럼 외면서. 어디까지 흔들리나 보는 거다. 흔들리지 않을 때까지 가 보는 거다. 아무도 나를 맘대로 흔들 수 없을 때까지.

서글픈 냄새

냄새에도 보수와 진보가 있을까? 피자 위에 얹은 고르곤졸라 치즈 냄새로 시작된 이야기였다. 통유리로 정원 풍경이 들어오는 레스토랑에서 우리는 토마토가 들어간 파스타와 피자를 주문했다. 초여름 햇살이 식당 안으로 짧게 들어오는 오전과 오후 사이의 적당히 분주한 시간. 말린 오징어를 먹지 않는다는 내 말에 흥미를 보인 것은 친구였다. 냄새에 민감한 나를 친구는 보수적이라 했다.

개방적인 후각을 가진 사람은 진보적이라는 논리도 흥미를 끌었다. 냄새를 신경 쓰지 않는 것은 다른 이의 시선을 의식하지 않을 가능성이 많다는 것이다. 냄새에 상관없이 맛만 있으면 받아들인다. 이런 진보적인 성격은 성적性的 취향도 진보적이라는 것이다.

나는 후각이 발달한 편이다. 그러나 발달된 감각은 축복이 아니라 재앙이다. 향이 좋지 않으면 먹을 수 없다. 홍어회처럼 구리거나, 젓갈처럼 비리거나, 또는 뚬얌꿍처럼 야릇한 것은 비위를 뒤집어 놓는다.

나와는 달리 그 친구의 취향은 진보적이다. 나는 삭힌 홍어회를 테러라고 규정했지만 친구는 막걸리와 함께 먹는 맛이 일품이라 했다. 아무리 맛이 좋아도 향이 좋지 않으면 견딜 수 없는데 말이다.

이렇게 조금은 예민한 나를 맞춰 주고 받아주는 친구는 바람 냄새가 난다. 트인 곳은 질러가고 막힌 곳은 돌아가는 바람 같다. 어디에도 자신을 매어 놓지 않는 자유로움이 그 친구의 매력이다. 친구가 그리우면 그 바람 냄새를 떠올릴 것 같다. 그러면 함께 먹었던 파스타와 푸른곰팡이가 살짝 비치는 고르곤졸라 피자가 생각날 것이다. 파스타처럼 말도 맛있게 하던 친구가 보고 싶어질 것이다.

냄새까지 왼쪽 오른쪽으로 나눈다니 재미있다. 좋거나

싫은 냄새처럼 사람의 감정도 딱 갈라서 슬픈 것 아니면 기쁜 것 이렇게 쉽게 나눌 수 있다면 좋겠다. 애매한 감정 앞에서 서글픈 것인지 비참한 것인지 판단할 수 있게. 그럼 왼쪽 오른쪽이 아니라 감정들이 배어 있는 냄새들은 뭐라고 할까? 예전의 감정과 상황들이 엉겨붙어서 자신조차도 뭐라 이름 붙이지 못했던 것들. 냄새는 왜 감정을 파고들까?

사람이 지닌 감각 중에서 후각은 감성적인 감각이라고 생각한다. 냄새가 나면 사람들마다 반응은 다르다. 진원지를 모르는 상태에서 각자 생각하고 있는 것을 말한다. 그것은 기억을 끄집어내게 하고 경험이 버무려진 자신의 감정 덩어리를 떠올리게 한다. 그 감정에 따라 좋거나 좋지 않은 냄새로 분류한다. 보이지 않고 들리지 않는 감각은 본능적으로 감정을 따르기 때문이 아닐까.

유독 감정을 건드리는 냄새가 있다. 꽃향기도 아니고 음식도 아니다. 악취나 향기로 나누어질 수 없는 무언가가 있다. 그것은 사람의 몸에서 난다.

일을 해서 생긴 땀 냄새는 고맙다. 들척지근한 쉰내가 겨드랑이나 가슴팍을 축축하게 적시는 냄새. 그 앞에서 나는 미안도 하고 고맙기도 하다.

엄마 냄새는 누구든 행복하게 한다. 아이들은 나를 안고 냄새를 맡기 좋아한다. 엄마 냄새가 좋단다. 엄마 냄새가 어디에서 나느냐고 하니 목덜미에서 난다고 한다. 아이들은 나의 냄새를 맡으며 유별나지 않고 순하게 사춘기를 지나고 있다.

가장 서글픈 냄새는 누워 있는 사람에게서 난다. 병실을 지나다 어쩌다 마주치는 냄새 앞에서 시간은 멈춘다. 중환자실을 지나는 순간 후각을 자극하는 것이 있다. 바람이 통하지 않은 신체에서 퍼지던, 죽음을 앞둔 시간처럼 동그랗게 몸을 말고 있는 냄새. 그처럼 서글픈 냄새가 또 있을까?

팔 년을 식물처럼 하얗게 살다가 죽은 사람이 있었다. 목에 걸린 가시처럼, 내 영혼에도 빠질 줄 모르는 가시로 남은 이야기.

의료 사고였다. 의식이 돌아오지 않던 언니의 몸은 미라처럼 말라갔다. 움직이지 못해서 생긴 욕창은 살을 뚫고, 고름을 만들고, 냄새를 퍼뜨렸다. 슬픔도 오래되면 가슴에 농이 흐른다. 팔 년. 내 가슴도 그 살 썩듯 문드러졌던 그때. 쉽게 마비되는 후각처럼 슬픔 같은 것도 금방 마비되어 버린다면 얼마나 좋을까를 생각했었다. 그 팔 년도, 후줄근한 삼십 대도 이미 과거로 뒷걸음질해서 갔다. 채 삭이지는 못해도 잊은 것처럼 살았다.

어느 날 병실 앞을 지나는데, 느닷없이 들이치는 냄새에 눈물이 핑 돌았다. 기억을 헤집는 냄새는 폭력처럼 후비고 들어온다. 물리적인 힘만이 폭력이 아니다. 나를 아프게 하는 것은 폭력이다. 폭력은 거칠게 오기도 하지만 부드럽게, 형태도 없이 오기도 한다. 그 냄새를 기억한다. 의식은 어딘가에 맡겨 놓고 몸만 남겨두었던 언니의 살 썩던 냄새.

친구는 냄새를 왼쪽과 오른쪽으로 나누었지만 나는 그것을 폭력과 기억으로 분류한다. 친구의 진단이 옳다. 나는 보수적인 후각을 지녔다. 그 때문에 콧속으로 스미는 냄새는 내게 폭력이다. 어느 틈에 새어나와 감정을 지배하는 냄새에 대해 이성적으로 반응하기는 매우 힘들다.

냄새는 기억에서 자유롭지 못하며 지극히 주관적이기 때문이다. 감정의 골을 타고 오르내리며 뇌에 저장되었다가 맡는 순간, 개봉되어 시간의 저편으로 거슬러 올라간다. 끄집어내고 싶지 않아도 몸이 기억을 더듬고 저릿한 통점으로 나를 자극한다. 없어진 신체 일부가 아프다던 어떤 사람처럼 혈육 한 점 저며 낸 자리가 아프다.

기억이 희미해지면 취향도 진보적으로 바뀔지 모르겠다.

행복해지고 싶은 날 팬케이크를 굽는다

아픈 이름은 소리를 입지 않는다

　　큰아이의 중학교 졸업식이었다. 선생님은 반 아이들의 이름을 한 명씩 부르기 시작했다. 이름이 불린 아이들은 앉았던 자리에서 일어섰다. 김유진, 한보라, 장현석…. 스크린에는 학생의 장래 희망과 사진이 함께 떴다. 아이들의 이름을 부를수록 선생님 음성이 조금씩 흔들렸다. 그리고 어느 순간 다음 학생의 이름을 부르지 못했다. 강당이 조용해지더니 아이들은 한 입으로 외치기 시작했다.

　　"울지 마."

　　"울지 마."

　　3학년 1반에서 10반까지 학생들의 이름을 부르는 선생님

서너 분이 아이들의 이름을 미처 다 부르지 못했다. 한 명씩 부를 때마다, 음성이 떨릴 때마다 조마조마했다. 내 아이의 담임 선생님도 울먹이면 어쩌나 내가 더 걱정되었다.

졸업식에서 이름을 부를 때 흔들리지 않을 선생님과 학생이 있을까? '3학년 6반 학생'이라고 부를 땐 아무렇지도 않다가 김민철, 엄정연이라고 부를 때 왜 가슴에 작은 물결이 일어날까?

이름을 부르기 전까지 우리는 남이다. 이름은 대명사 이전에 사람과 사람 사이의 관계다. 이름을 불러 주었을 때 비로소 우리는 관계가 형성된다. 이 사람, 저 사람이 아닌 정우야, 은서야 하고 불러 주었을 때, 우리는 연결된다. 김 과장보다 김철수 과장이 더 반듯하고 미스 리보다 이영희 씨가 더 가깝다. 이름을 불러 줌으로써 그와 나 사이의 거리가 단축되고 의미가 부여된다. 그래서 남이 아님을 확인한다. 서로 모르는 사이는 이름을 부르지 않는다. 지나가는 사람이 친절하게 대한다고 해서 그 사람의 이름을 알 수는 없다. 친밀함이 기본적으로 설정되어 있어야만 부르는 것이 이름이다.

그래서 이름이 불린다는 것은 참 기분 좋은 일이다. 누군가 나직하고 부드러운 목소리로 '지안아' 라고 부를 때가 가장 좋다. 그런 호명 앞에서 난 그만 순하게 엎드리고 싶다. 나를 풀어놓고 싶고 내 안의 거친 감정을 걷어내고 싶어진다. 친구가, 부모가, 스승이 이렇게 나를 부른다. 나는 오래도록 이렇게 불리고 싶다.

'최지안 씨' 라고 불릴 때는 설레고 긴장되는 순간이다. 무언가 공적인 압박감과 긴장감을 느끼게 된다. 공식적인 자리나 관공서에서 쓰일 때가 많다. 상을 받을 때도 이렇게 성과 함께 이름이 불린다. 이럴 때의 긴장은 여러 번이어도 기분 좋다.

좀 길게 '최지안' 하고 부를 때가 많다. 부드러운 음성이면서 길게 여운이 남도록 불릴 때는 좋은 일일 때가 많다. 칭찬을 듣거나 선물을 받을 때 그렇다. 동료 작가가, 친하게 지내는 모임 사람들이 그렇게 부르는 날은 매우 즐거운 날이다.

아주 좋지 않은 경우가 '최지안' 하고 짧게 부를 때다. 길게 부를 때와는 다르다. 학교에서 선생님이 질문을 하거나 혼을 낼 때다. 이렇게 불릴 때는 뭔가 불길한 조짐이 느껴지기도 한다. 대개 좋지 않은 일이 생길 것 같은 예감이 든다.

최악의 경우가 이름이 아닌 '아줌마'로 불릴 때다. 모르는 사람이 '아줌마' 하고 따지듯이 목소리가 높아질 때다. 그런 경우는 드물지만 아주 없지는 않다. 몹시 기분이 상한다. 아줌마들이 가장 싫어하는 호칭이다.

가끔 여기 없는 사람의 이름을 조용히 불러 보기도 한다. 이름을 부른다는 건 그 사람과 나의 역사를 공유한다는 것이다. 우리는 이름을 부름으로써 우주의 한 공간을, 시간의 한 눈금을 함께했던 사실을 기억한다. 산 사람이 기억할 때마다 죽은 사람이 잠에서 깬다는 동화 속 '파랑새'처럼 이름을 부를 때마다 그들은 살아난다. 함께했던 시간들을 기억하고 함께 누렸던 공간을 기억하고 함께 불렀던 노래를 기억하는 한 그 사람은 영원히 가슴 안에 있으니까.

그 많은 이름 가운데 따뜻하게 젖어드는 이름이 있다. 그러나 쉽게 부르지 못한다. 부르면 돌아오는 대답 없이 내 목소리만 공기를 흔들다 먼지처럼 가라앉는다. 아픈 이름은 소리를 입지 못하고 가슴속으로만 파고든다.

서재의 향기

　　서재에 대한 관심이 많다. 집에서 가장 중요한 곳이 거실이라는 사람도 있고 주방이라는 사람도 있고 화장실이라는 사람도 있지만, 내 경우에는 서재다. 거실을 멋스럽게 꾸민 집보다 서재가 멋진 집이 더 눈길을 끌고, 비싼 가구가 있는 것보다 다양한 책이 있는 집이 더 부럽다. 다른 집을 방문하면 서재부터 물어본다. 서재가 있는지, 있다면 어떻게 꾸며 놓았는지, 어떤 책을 가지고 있는지 궁금하다.

　어느 집에 갔는데 서재는 없고 거실만 호화롭다면 좀 실망스럽다. 작고 검소한 집인데도 책꽂이에 책이 가득한 집도 있다. 주인한테서는 책 냄새가 난다. 그런 집에서는 나는 말하는 것도 신중하다. 공간이 크거나 작거나에 상관없이 서재가 있는 집에 가면 그렇지 않은 집보다 더 예의바르게 했던 것은 사실이다. 지식이란 권력 앞에서 나는 언제나 약자이기 때문이다.

내 방 책장에는 전집으로 된 책들이 많았다. 내가 중학교 때 언니가 사다 놓았다. 이것들은 오래되어 번역이 썩 좋지 않았다. 오웰의 작품 《1984》가 대표적이다. '빅브라더'가 나오는 부분을 거기에서는 '대형'이라고 번역했다. 큰형도 아니고 대형이라 했으니 어떻게 그 상징성을 이해할 수 있었을까. 난 그 '대형'을 커다란 어떤 기계라고 생각했었다. 지금 생각하면 참으로 어처구니가 없다. 스무 살이 넘어서 다른 번역본을 읽고서야 번역의 중요성을 깨달았다.

그렇더라도 그 전집이 내 인생에 미친 영향은 매우 컸다. 만약 그것들을 십 대에 만나지 못했다면 지금 내 삶의 방향은 전혀 엉뚱한 곳으로 향해 있지 않았을까? 다 읽지 못했지만 그 책들을 내 방에 두었다는 것만으로도 만족스러웠다. 책상이 있고 그 옆엔 책장이, 또 옆엔 옷장이 있던 나의 방. 그 방에서는 어떤 방해도 받지 않고 책을 읽을 수 있는 오로지 나만을 위한 공간이었다.

책에서 나는 냄새도 좋아했다. 책을 펼쳐 냄새를 맡으면 이상하게 기분이 좋아지고 가슴이 뿌듯해졌다. 잉크 냄새와 종이에 배어 있는 묵은 냄새를 맡으면서 마치 고독한 지식인이 된 듯 우쭐해지기도 했다.

거기서 나는 여러 작가와 인물을 만났다. 이해할 수 없었던 사르트르와 보부아르의 관계. 털이 덥수룩한 헤밍웨이. 알제리 출신의 카뮈가 풍기는 그 불량기도 멋져 보였다. 시리고 아름다운 연인, 라라와 지바고. 매력적인 니나. 그리고 멋진 남자, 조르바.

그 책들을 결혼 후에도 가지고 있다가 얼마 전 이사를 오면서 처분해 버렸다. 집안을 차지하는 것이 식구들에게 미안했다. 치워서 깔끔하기는 했지만 십 대에 느꼈던 설렘과 그 책 냄새를 맡을 수 없게 된 것이 간혹 서운하기도 하였다. 작가와 작품이 보고 싶을 때, 다시 어떤 문장을 들춰 보고 싶을 때도 종종 있는데 그럴 때는 버린 것이 후회된다.

다른 것은 몰라도 서재만큼은 욕심을 부려 보고 싶다.

많은 책을 효율적으로 수납할 수 있는 책장과 큰 책상, 편한 의자, 그리고 햇빛이 환하게 들어오는 조용하고 넓은 공간. 내 능력에서 부릴 수 있는 사치를 이곳에서 부려 보고 싶다. 하지만 지금 살고 있는 집에서는 곤란하다. 방이 많지 않고 따로 서재를 차지하고 앉을 형편이 못 되어 궁한 대로 거실을 서재로 쓰고 있다.

서재라고 하기에도 좀 민망하다. 책장이 고작 네 개뿐이다. 두 개는 아이들 것이고 나머지 두 개가 내 것이다. 아이들 책장 하나엔 초등학교 때까지 읽었던 과학서적과 동화책이 있고 다른 하나엔 영문 원서가 있다.

작은아이는 앤서니 브라운과 타샤 튜터의 책을 좋아했는데 그 작가들 책과 특별히 좋아하는 책들만 남겨놓았다. 큰아이는 조앤 롤링이나 레모니 스니켓이 쓴 모험 판타지물을 좋아했다. 더러는 주위에 많이 주고 어떤 것들은 팔기도 했는데, 지금 책장에 남은 것은 아이들이 처분하지 못하게 해서 남겨놓았다. 오히려 아이들이 책 소장을 나보다 더 즐기는 편이다.

사실 책을 처분할 때는 매우 아깝다. 그 책들을 사들이는 데 적잖은 돈이 들었기 때문이다. 그래도 아이들에게 책을 사 준 것은 아깝지 않다. 학원에 보내는 대신 책을 사 주며 키운 것이 내가 한 일 중 그나마 잘한 일인 듯싶다.

내 책장은 두 개이고 각각 다섯 칸으로 되어 있다. 오른쪽 책장은 전부 수필과 시 관련 책들이고 왼쪽은 인문학과 사회과학 관련 책이다. 맨 위 칸에는 내 사진을 놓았다. 두 번째 칸은 과학, 경제, 사회, 철학, 환경 관련 서적이다. 세 번째 칸은 문학이다. 해외문학이 좀 더 많다. 네 번째는 역사서와 우리나라 고전과 근현대 문학이 섞여 있고 맨 아래에는 문학잡지들이 있다.

책장 앞에는 의자를 놓았다. 나는 자는 일이 거의 없지만 아이들은 이 의자에 앉아 책을 읽다가 잠을 자는 경우가 많다. 집안은 조용한데 어디서 고른 숨소리가 들려서 돌아보면 아이가 무릎 위에 책을 올려놓은 채 의자에서 자고 있을 때가 있다. 그런 모습을 볼 때 난 배가 부른 것처럼 기분이 좋다.

아이가 크면 서재에서 책을 읽다가 잠이 들었던 어느 때를 회상할지도 모른다. 나는 아이를 좋은 학교나 인기 높은 직장에 다니게 해 줄 능력과 뒷배경이 없다. 그건 내 몫이 아닌 줄 안다. 그저 내가 해 줄 수 있는 일은 아이에게 작고 조용한 기억을 마련해 주는 일일 것이다. 내가 전에 쓰던 방을 기억하는 것처럼 아이도 이 서재에서 읽었던 책을 기억하고 잠을 잤던 것을 기억하고 내가 했던 쓸데없는 잔소리를 기억할 것이다.

이 서재에서 맘에 드는 것이 있는데, 그것은 책상 앞에 기다란 창이 있다는 것이다. 한쪽 벽은 책장이 있고 맞은편에 책상이 있다. 책상에 앉아 창밖을 보면 편안해진다. 이 장방형의 창은 시야가 트여서 시원하다.

창 너머로는 공터와 작은 길이 보이고 야트막한 야산이 보인다. 그 뒤로는 석성산이 있고 그 위로 하늘이 보인다. 하늘과 멀리 있는 산과 가까이 있는 산이 골고루 다 보이는 창은 하나의 그림이다. 창틀이 프레임이고 그 안에 담긴 자연은 살아 있는 그림이다. 의자에 앉아서 보는 것과 서서 커피를 마시며 보는 것은 그때마다 각도가 다르다. 날아가는 새나 개, 사람에 따라 풍경도 달라지고 계절 따라 그림도 바뀐다.

또 한 가지 마음에 드는 것은 책상에 앉아 일을 하다가 답답하면 바로 베란다로 나갈 수 있다는 점이다. 집은 허름해도 베란다 창을 열면 넉넉한 공간의 데크가 있다.

거기에 나무 탁자를 놓았다. 봄부터 늦은 가을까지가 탁자에 앉아 책을 읽기에 좋다. 계절은 나무에서도 오고 먼 산에서도 오지만 나는 베란다에 들어오는 햇빛의 길이로 계절을 느낀다. 햇빛의 키가 길어지면 겨울의 한가운데이고 짧아지면 여름의 문턱이다.

탁자는 뒷집과 우리 집 사이에 있고 그 사이로 바람이 드나든다. 해가 길게 들어와 커튼을 붙잡는 겨울엔 얼얼하고 잠깐 고개를 들이밀다 가는 여름은 선선하다. 늦은 봄이나 이른 여름에는 탁자에 꽃무늬 식탁보를 깔고 차와 과자를 가지고 와서 책을 읽기도 한다. 때로는 아무것도 하지 않고 그냥 앉아서 먼 산을 바라보기도 한다. 그런 여유를 부리는 것이 좋아 일삼아 차를 끓이고 비스킷을 준비하곤 한다.

처음엔 그네도 있었다. 작은아이와 난 가끔 탁자에 차를 놓고 거기에 앉아 책을 읽거나 그네를 타곤 했다. 나란히 그네에 앉으면 집 옆 공터의 텃밭이 보이고, 사람이 지나다니는 길이 보였다. 동네는 조용했다. 커다란 개를 데리고 산책하는 사람도 있고 등산복 차림으로 걸어가는 사람들도 있었다. 길 뒤로는 작은 야산이 있는데 새 여러 마리가 몰려다니며 날아다녔다.

　가끔 울타리 사이로 조심스레 지나가는 고양이와 눈이 마주치기도 하였다. 고양이의 눈빛은 당당하면서도 찼다. 자신의 영토니까 조용히 살라고 무언의 협박을 하는 듯도 하였다. 이 동네에서는 왠지 나무나 동물들에게 미안하지 않도록 조용하게 지내야 할 것 같았다.

　그런데 그네가 부서져서 더 이상 그네 타는 일이 없어졌다. 부서진 곳을 보니 썩어 있었다. 작은아이에게 더 튼튼한 그네를 사 줄지 물어보았지만 아이는 괜찮다고 했다. 그네를 탈 나이를 지나고 있었다. 아이가 자라는 것은 자연스러운 일이지만 내게는 작은 즐거움 하나를 놓치는 일이었다. 어쩌면 나는 작은아이가 언제까지나 그네를 타고 놀기를 바랐는지도 모르겠다. 아직도 아이에게 커다란 리본 핀을 꽂아 주고 싶고 짧은 치마에 분홍 에나멜 구두를 신기고 싶다. 아직도 털이 보송보송한 인형을 사 주고 싶다.

　그런데 그렇게 할 수 없을 만큼 커버렸다. 언제 커버렸는지 모르지만 이제는 나를 내려다본다. 내가 그 애를 안는 것이 아니라 그 애에게 내가 안긴다. 가끔 낯설다. 그래서 조금은 서글프다.

그러나 아이가 읽던 책은 아직도 책장에 있다. 아이가 몇 번이고 읽어 달라던 동화책, 구겨질까 봐 애지중지하던 판타지와 모험물들. 그런 것들이 아직도 서재에 있어 얼마나 다행인지 모른다. 그네는 부서져 없어졌지만 그 책들만은 남아 마음의 그네로 흔들리며 나를 토닥여 줄 것이다.

조금만 더 욕심을 부린다면 천장이 높은 서재를 갖고 싶다. 성당이나 교회에 가면 천장이 아주 높아서 나도 모르게 경건해지지 않으면 안 되는 느낌을 받는다. 경외심을 가지기 위해서는 아니지만 높이가 주는 성스러움을 서재에서도 느끼고 싶다. 서재는 나만의 성스러운 공간이니까 당연히 그래도 된다고 생각한다.

전에 살던 집은 꼭대기 층이어서 꽤 높았다. 전구를 갈려면 큰 탁자 위에 의자를 올려놓고 그 위에서 까치발까지 하고 갈아야 했다. 역시 그곳에서도 거실을 서재로 썼는데 아이들은 천장이 높은 서재에서 공부를 하거나 책을 읽었다. 그러다 이곳에 이사 왔을 때 많이 답답해했다. 이곳도 다른 집보다는 천장이 높은 편이지만 전에 살던 집만큼 높지는 않기 때문이었다. 그것이 좀 아쉬웠다.

천장이 높지 않아도, 인테리어가 잘 되지 않아도 한 번

보면 다시 생각나는 서재도 있다. 집주인의 취향이 묻어나는, 오래 있어도 전혀 눈치가 보이지 않는 그런 서재. 지나가다 그냥 한번 고개 들이밀고 커피 한잔 달라고 해서 편안하게 마시고 가도 괜찮을 서재도 있다.

지난가을 가깝게 지내는 사람의 집에 갔었다. 작은 나무 대문을 밀고 들어가니 동그랗고 아담한 마당이 나왔다. 동화 속에 나오는 '달의 호수'처럼 동그란 마당이라니. 그 마당을 생울타리가 감싸고 있었다. 정말 마음에 드는 마당이었다.

나와 마찬가지로 거실을 서재로 쓰고 있었다. 그이가 차를 내느라 부엌에 있는 동안 서재를 찬찬히 둘러보았다. 구조도 마당과 마찬가지로 한쪽 벽이 곡선으로 되어 있었고 매우 밝았다. 모든 빛이란 빛은 다 거기로 모여들 것 같았다.

책장에는 수필 관련 책들이 꽂혀 있었다. 작은 책상이 있고 그 앞으로 버건디 색 소파와 테이블이 있었다. 그이는 그곳에서 창 너머로 계절이 바뀌는 마당을 보면서 글을 썼을 것이다. 그 동그란 서재에서 책을 읽다 배고픈 고양이가 현관문을 긁는지 귀를 기울이기도 했을 것이다.

햇빛이 들어오는 창 앞에는 크고 작은 채반이 죽 놓여 있었다. 노란 산국이 포개진 곳 없이 한 송이씩 그림처럼 선명하고 가지런하게 말라가고 있었다. 그이의 손이 한 송이씩 놓았을 지극한 간격들은 햇빛을 받아 환하게 빛났다.

산국의 향기가 서재에 가득했다. 그 가을 그이의 꽃차는 향이 더 깊었으리라. 황금빛 햇살이 스며들고 가을이 스며들고 소박하게 너스레를 늘어놓는 그이의 향과 서재의 향이 스며들었기 때문일 것이다. 나는 산국 향기와 그 주인의 향기를 흠씬 맡았다. 서재와 주인이 닮아 있었다.

화려하고 웅장한 것만이 내가 바라는 서재는 아니다. 아무리 훌륭해도 사람의 냄새가 나지 않는 서재는 의미가 없다. 책만 채워 놓고 사람의 발길이 뜸한 곳은 장식용에 지나지 않는다. 주인의 손때 묻은 책이 있어야 하고 주인이 마시던 커피 냄새가 배어 있어야 한다.

지식인이 되기는 쉬워도 지성인이 되기는 어려운 것처럼 멋진 가구, 많은 책을 소장할 수는 있어도 그걸 읽고 아끼고 즐길 줄 아는 사람이 없다면 무용지물이다. 주인의 서성이는 발자국 소리가 나고 주인의 향기가 배어 있어야 서재다운 서재가 아닐까 싶다.

똥 이야기

　똥. 듣기만 해도 비실비실 웃음이 새어 나올 것 같은 이 단어. 냄새와 웃음거리 그리고 하찮음 따위로 돌돌 말려진 이것을 누가 똥이라 했는지 기막히게 잘 지었단 생각이 든다.

　어쩜 말도 그렇게 똑떨어지게 했을까? 변便이나 분糞이라고 해도 모자라고 Dung이라고 해도 성에 차지 않는다. 넘치지도 모자라지도 않는다. 그만큼의 의미에 딱 들어맞는 천박한 어감이 재미있다. 똥칠, 똥값, 똥꿈, 똥파리 같은 말은 똥이라는 단어가 아니면 어떻게 표현할 수 있을까 싶다. 찌꺼기 덩어리라는 뜻이지만 말이 주는 느낌에 있어서는 그 이상이다.

'똥팔자'란 말이 있다. 지지리 복도 없음을 나타낼 때 쓰는데 '개팔자'보다도 못한 하위 개념이다. 그러나 똥에 대해 조금만 생각해 본다면 하찮게 여길 것은 결코 아니라는 생각이 든다. 음식물로 입에 들어가서 똥이 되기까지의 과정을 생각한다면 더욱 그렇다.

처음부터 똥이었던 것은 아니다. 한때는 풋풋한 향내와 탱탱한 탄력도 있었다. 풍부한 육즙과 기름진 윤기로 뭇 포식자들의 군침을 흘러내리게 하는 농염한 자태도 단연 으뜸이었다. 그러나 한 알의 사과로 또는 한 토막의 갈비찜으로 당당히 입에 들어선 순간부터 '똥팔자'가 된다. 이齒牙에 물어뜯기고 부서지고 갈아지는 수난을 당한다.

좁은 식도를 지나면서부터는 지옥이 따로 없다. 산 성분에 녹는 고통을 치르고 장에 와서는 굽은 길을 따라 주물러지고 치대어진다. 위를 거치고 장을 지나면서는 가지고 있던 양분을 다 내주어야 한다. 주고 싶어 주는 것이든 뺏기는 것이든 다 내주어야 한다.

그런 옥고를 치르는 동안 자신의 소임이 무엇인지 깨닫는다. 숙명을 받아들이고 묵묵히 제 역할을 한다. 더 이상

내어 줄 것이 없는 찌꺼기가 되었을 때는 똥이라는 이름
으로 다시 태어나고 자신이 갈 곳이 어디인지를 알게 된
다. 말랑말랑한 덩어리가 되어 비로소 항문에 다다르게
되면 몸속에서의 임기도 끝난다. 제 소임 다하고 변기 속
으로 뛰어드는 그 모습. 이만한 살신성인이 어디 있을까.

참 좋은 세상이다. 사극을 볼 때마다 하는 생각인데 사
오백 년 전에 태어나지 않은 것이 얼마나 다행인지 모른
다. 혹 노비로 태어났으면 어땠을까. 양반집 규수로 태어
나리란 보장도 없으니 말이다. 설령 양반이라 해도 남존
여비라는 굴레를 벗어나 살기란 쉽지 않았을 것이다. 이
래저래 이 시대에 태어난 것에 감사한다. 적어도 헌법상
에는 누구나 평등한 시대에 살고 있으니까.

분명 야만적인 신분제는 문명이 발달할수록 없어지고
있다. 다만 보이지 않는 다른 이름의 신분제는 여전히 존
재하며 오히려 더 진화하는 것 같다. 대륙 간, 인종 간, 국
가 간, 남녀 간, 학력 간의 차이로 포장되는 신분제들이
그렇다. 그런데 똥에서도 그런 신분제를 볼 수 있다.

똥은 그 사람의 현재를 나타낸다. 그 사람이 어느 정도
사는지를 알려주는 것들이 있다. 어디 사는지, 무얼 타는

지 그리고 신고, 입고, 들고 다니는 것들. 그것 말고도 빈부격차를 잘 보여 주는 것이 있다. 바로 배출물이다. 사는 정도에 따라 먹는 것이 다르고 먹는 질에 따라 똥도 달라진다. 요즘은 옛날처럼 똥구멍이 찢어지게 배를 곯는 일은 없다. 배만 채우던 때도 지났다. 대신 무얼 먹는가가 중요한 시대다.

한동안 웰빙 열풍이 퍼졌다. 먹고는 사니까 이젠 질을 높여야 한다고 했다. 웰빙 생활을 해야 사람다운 삶을 누리는 사람 축에 끼었다. 비단 먹는 것만 아니라 다른 것에도 이것이 중요해졌다. 웰빙을 해야 문화인이고 지성인이란다. 그 덕에 홈쇼핑회사와 백화점이 재미를 보았다.

이런 열풍을 타고 무농약, 친환경, 유기농, 오가닉이 붙은 상품이 차별성을 부여해 소비 심리를 부추긴다. 전혀 상관이 없을 것 같은 제품에도 오가닉이나 유기농 표시가 붙으면 값이 배로 뛴다. 뭐든지 차등을 주어야 잘 팔리나 보다.

조금 더 비약을 하자면 똥도 고급과 일반으로 신분이 나뉜다. 유기농이나 친환경이 붙은 먹거리로 숙성된 똥과 인스턴트에, 대충 배를 채우는 먹거리로 만들어진 똥은 다르다. 비싸고 안전한 음식을 먹는 사람들과 싸고 질 낮은 음식을 먹어야 하는 사람이 있는 한 똥도 신분제에서 벗어날 수 없다. '사는 곳'이 당신의 신분을 알려 준다면 '싸는 똥'이 당신의 지금을 말해 준다. 똥에도 양반과 상놈이 있는 법이다. 물론 그걸 확인하는 사람은 스스로밖에 없으니 다행이 아닐 수 없다.

중학교 때였다. 놀이공원에 친구들과 놀러 갔었다. 공원에서는 잘 놀았다. 문제는 버스를 타고 집에 오는 동안에 생겼다. 차를 타고 십 분이 지나자 속이 이상했다. 주말이라 그런지 만원이었고 길이 막혀 버스가 빨리 가지 못했다. 점심으로 무얼 먹었는지 더듬어 봤다. 과연 무사히 도착할 수 있을까. 집까지 얼마나 시간이 걸리는지 계산했다.

시간이 더디게 갔다. 눈앞은 노래지고 머릿속은 하얗게 되었다. 등에서 식은땀이 흘렀다. 살아오면서 가장 끔찍했던 시간이었다. 그날 내가 화장실에서 신음 소리를 내며 다짐한 건 '아무거나 먹지 말자'였다. 특히 어디 나가서는.

아무거나 덥석 먹으면 탈이 난다. 똥의 특성상 닭 잡아 먹고 오리발 내미는 일이 절대 없으니까. 화투판 '첫 끗 발' 처럼 똥부터 먹고 바로 싸서 '개 끗발' 되는 일이 없도록 조심하며 살자. 그러면 '똥칠' 할 일도 없을 터.

 이런 얘기를 지저분하다고 한다면 할 말이 있다. 당신 똥은 향기로운가? 구린내보다 참을 수 없는 건 가식과 위선의 냄새다.

화장실에서 도를 닦다

초등학교 5학년 아이가 문제를 냈다. 똥은 배설일까 아니면 배출일까. 보통 오줌이나 똥은 배설로 알고 있는 내게 아이의 대답은 '땡'이란다. 배설은 우리 몸의 대사작용의 결과로 만들어진 노폐물을 몸 밖으로 내보내는 것이며, 배출은 소화작용의 결과로 생긴 노폐물이 항문을 통하여 몸 밖으로 내보내지는 것이라 한다. 오줌은 배설이요 똥은 배출이라고 아이는 으스대며 말했다.

평소 아이에게 '똥인지 된장인지 구분 못 하겠니' 하며 핀잔을 주었다. 나야말로 똥인지 오줌인지 구분도 못하는 엄마가 되었다. 똥에 대한 것이라면 할 말이 많은 나도 요건 잘 몰랐다.

언젠가 동생이 갑자기 배가 아프다고 했다. 심상치 않은 복통으로 한밤중에 응급실을 찾았다. 의사는 여기저기를 꾹꾹 눌러 보더니 고개를 갸웃거렸다. 알 수 없으니 엑스레이를 찍자고 했다. 큰 병원으로 가야 하나 고민도 했다. 그 사이에도 동생은 아파서 견딜 수 없어 했다. 옆에서 보는 사람은 애가 탔다. 아무래도 맹장염이지 싶었다. 얼마 후 결과가 나왔다. 의사는 우릴 쳐다보며 말했다.

"화장실 언제 갔어요? 여기 보세요. 여기 하얀 게 다 똥입니다."

똥 때문에 그 난리를 치른 일은 두고두고 웃음거리로 남았다. 먹었으면 배출해야 한다는 중요한 교훈을 남기고 말이다.

먹은 만큼 배출하지 못하면 몸에 독소가 쌓인다. 뭐든 먹었으면 내보내야 한다. 그것을 처리하는 곳이 화장실이다. 그러니 그곳 또한 침실만큼 중요한 곳이라 할 수 있다.

화장실과 침실은 공통점이 있다. 다른 것은 주체가 누구냐다. 화장실은 혼자서 누리는 것이고 부부 침실은 둘이다. 이것만 다르고 나머지는 같다. 가장 큰 공통점을 꼽는다면, 첫째는 은밀함이다. 은밀하지 않으면 화장실이건 침실이건 일을 볼 수 없다. 그 은밀함이 보장되어야 제구실을 한다.

둘째는 진지함이다. 침실에서 진지하지 않은 관계는 진정성이 없다. 화장실에서도 마찬가지다. 장을 비워 내는 일은 마음을 비워 내는 일이다. 불가에서는 해우소라 하지 않는가. 이곳에서 마음을 비우고 근심을 풀어내야 하니 진지할 수밖에.

셋째는 신음 소리가 나온다는 점이다. 사람마다 신음 소리는 각자 다르고 때론 내지 않을 수도 있지만 나도 모르게 새어 나오는 소리는 묘하게 그것과 닮았다는 생각이 든다.

그리고 마지막으로 '카타르시스'를 느낀다. 하필이면 화장실과 침실을 들은 이유는 두 곳이 사람의 본능을 승화시키는 곳이기 때문이다. 은밀한 공간에서 진지하게 일을 치르면 나도 모르게 신음이 새어 나온다. 먹은 것들을 소화해 내고 보내야 할 곳에 영양분을 보내고 난 찌꺼기들이 배출될 때, 이 절정의 순간에 오르가슴을 느낀다. 그런 후에는 장을 비워 낸 뿌듯한 카타르시스를 맛본다.

한껏 긴장하고 온몸의 신경과 근육을 그곳으로 집중시킬 때의 '몰아지경', 굽이치는 장의 '오르가슴', 그리고 한 덩어리 밀어냈을 때의 '무아지경'. 똥이 아니라면 어디서 그런 카타르시스를 쉽게 누릴 수 있을까. 희열? 상대가 없어도 얼마든지 가능하다. 화장실에서 말이다.

한편으로 화장실은 마음의 자유를 누릴 수 있는 곳이다. 침실은 몸이 편하고 이곳은 마음이 편하다. 문을 잠그고 변기에 앉으면 세상과 분리된 오로지 나를 위한 한두 평의 공간이 눈에 들어온다. 혼자 있기에 딱 좋다. 들여다보는 사람은 오직 나 하나뿐이다. 바지를 내리고 있어도 전혀 부끄럽지 않은 나와 마주할 수 있어서 좋다.

바쁜 일상에서 혼자만의 시간을 가져 보는 것은 쉽지 않다. 더군다나 어디든 카메라가 있다. 백화점이며 엘리베이터, 심지어 쓰레기를 버리는 집 앞조차 카메라의 눈으로부터 안전한 곳은 없다. 가끔 그 많은 카메라 속에서 벌거벗고 있는 느낌을 받는다. 어디선가 빅브라더가 보고 있을 것 같아서다. 그러니 얼마 되지 않는 몸을 숨길 수 있는 공간이 점점 좁아지고 있는 세상에 화장실처럼 완벽한 나만의 공간은 없다.

나의 하루는 화장실에서 시작한다. 시원하게 장을 비운 날은 몸도 가볍고 일이 잘 풀린다. 그러지 못한 날은 일도 더디고 무언가 개운치 않다. 배변에 따라 그날의 기분이 좌우된다. 하찮고 별것 아닌 것 같지만 아침 시간의 볼일이 하루를 결정한다. 그러니 내게 똥을 눈다는 것은 그날에 치러야 할 중요한 의식이다.

　나는 똥을 누면서 그날 읽을 책을 생각하고 그날 먹을 저녁거리를 정한다. 똥을 누면서 김수영의 시를 읊고 똥을 누면서 알량한 펀드를 깰까 말까를 생각한다. 카카오톡 친구에게 차 한잔 마시자고 기약 없는 문자를 보내고 부고난에 있는 늙은 여배우의 이름을 보고 그녀가 찍었던 영화를 떠올린다. 삶은 때론 염치없이 가볍게 또는 운명 교향곡처럼 무겁게 똥처럼 배출하는 것인지도 모른다.

　오늘 아침에도 난 화장실에서 도를 닦는다.

꼭지의 내력

　　지하식품 매장. 빨강, 노랑, 주황의 꽃무더기를 던
져 놓은 듯 진열대에 수북한 파프리카. 꼭지만 삐죽 나온
모습으로 하나같이 뒤돌아 앉았다. 앞모습도 봐줄 만할
텐데 엉덩이만 보여 준다. 뒤태가 예뻐야 미인이라고 이
들도 그것을 따라 하는가. 꼬리 같기도 하고 꼬리표 같기
도 한 꼭지. 둥근 부분이 엉덩이라면 그것은 분명 꼬리가
맞겠지.

　아무렇게나 솟은 꼭지를 잡아당기고 싶다. 마치 토끼 귀
를 잡듯 꼭지를 집어 올리고 싶다. 집어 올리면 토끼처럼
아프다고 속으로 울지는 않으려나. 예민한 신경이 귀로

몰린 토끼처럼 말이다.

　색 고운 파프리카를 하나씩 봉지에 담는다. 꼬리를 들어 올리듯 길쭉하고 매끈한 초록 꼭지를 잡는다. 생선 꼬리를 잡고 봉지에 넣듯. 그러다가 톡, 꼭지가 떨어진다. 꼭지를 뗀 자리. 우묵하게 배꼽 하나 드러난다. 아하, 알고 보니 꼬리가 아니라 중심이다.

　가지 어디쯤에서 어미와 분리되었다. 따는 순간 어미와 떨어져 천애고아가 된 저 파프리카들. 그 흔적을 간직한 꼭지. 물줄기가 드나들던 통로는 이미 메말랐다. 이곳으로 양분을 받아먹고 열매를 키웠을 터.

　열매에겐 항상 꼭지가 있다. 호박 꼭지, 오이 꼭지, 감꼭지. 동그랗거나 길쭉한 꼭지, 꼭지들. 이것은 어미로부터 나왔다는 증거다. 열매와 어미를 이어 주는 연결고리. 태초로 거슬러 올라가는 근원의 실마리.

　오목하게 파인 열매의 배꼽을 보면 손으로 눌러보고 싶다. 떨어져 나간 탯줄을 기억하는 배꼽은 몸의 중심에 있다. 가운데에 마음이 가는 이유가 그것 때문은 아닌지. 자궁으로 돌아가고 싶은 본능이 그리하도록 만드는 것이라고 말이다.

참으로 이율배반적이다. 열매와 꼭지는 서로 떼려야 뗄 수 없는 관계지만 떼어져야 한다. 한번 떼면 다시 붙이지 못하는데도 결국은 떨어져야 하는 관계. 하나의 성숙한 개체가 되려면 분리되어야 하는 자연의 법칙이다. 어찌 보면 냉정하기도 하고 야박하기도 하다. 그러나 이 법칙에도 보완장치는 있는 법. 꼭지를 잊지 않도록 남겨놓은 흔적이 있다.

가만히 배꼽을 만져본다. 꼭지를 뗀 자리. 수십 년 전, 난 여기를 통해 양분을 받았다. 뼈를 만들고 장기를 만들어 사람의 형상으로 되었다. 중심 잡고 살아가라고 다른 부위도 아닌 몸 한가운데에 떡하니 박아 놓은 생의 첫 흔적. 이것이 아니고는 살아 있는 나를 설명할 수 없다. 피와 살과 팔과 다리를 만들어 낸 근원.

이번 주말엔 과일 사들고 근원을 찾으러 가야겠다.

3.

난 좀 비싸

심심하면 내게 전화를 하는 아홉 살짜리 조카가 있다. 하루는 그 애가 제 엄마를 졸랐다. 저도 다른 애들처럼 동생 하나 있으면 좋겠다고 슈퍼마켓에서 예쁜 여자애 하나를 사오라는 것이었다. 눈 하나 깜짝하지 않고 말이다. 어린아이 눈에도 돈이 도깨비방망이로 보였나 보다. 그 얘기를 듣고 진열장에 포장되어 누워 있을 아기를 상상해 보았다.

아주 불가능한 얘기는 아니다. 조카 말대로 어느 날 불쑥 아기를 사올 수 있다. 정말로? 그렇다!

인도에 가면 6,250달러에 아이를 품에 안을 수 있다.

대리모를 통해서다. 인도는 대리모 임신이 합법화되어 있다. 서구인들은 미국에서 드는 3분의 1 비용으로 저렴하게 대리모를 구할 수 있으니 매력적인 제안이 아닐 수 없다.

인도의 어느 도시에서는 단체 주거 시설을 마련해 놓고 여러 명의 대리모를 고용하여 고객을 유치한다고 한다. 인도의 보통 여성이 가정부나 청소부 일을 할 때 받는 돈은 한 달에 25달러 정도. 그러나 이곳에서 아홉 달의 노동을 하면 약 4,500달러를 쥘 수 있다. 업체가 제공하는 의료 서비스를 받으며 좋은 음식을 먹고 편한 잠자리에서 아홉 달을 지내면 제법 큰돈을 만질 수 있다.

거부할 수 없는 유혹이다. 전문직이 아닌 여성들이 할 수 있는 최상의 선택일 수 있다. 그들은 돈을 받고 서구의 부부들은 대리모를 통해 아기를 얻는다. 수요와 공급이 아귀가 딱딱 맞는다. 멋진 세상이 아닌가.

첫아이를 가졌을 때 초음파에 나온 까만 점을 보고 울었다. 씨앗 같은 까만 점. 기뻤다. 내 안에 자리잡은 생명에 대한 경이로움을 어떻게 말로 표현할 수 있을까. 하지만 임신 기간 내내 마냥 기쁘고 행복했던 것은 아니었다.

가장 힘든 것은 입덧이었다. 식사를 하는 것이 곤욕스러웠다. 김치 냄새가 견딜 수 없었고 평소 좋아하던 포도도 보기 싫어졌다. 얼마나 보기 싫던지 냉동실에 그대로 얼려 버렸다.

날씬하던 몸은 임신과 함께 사라졌다. 입덧이 가시고 난 후에 아이에게 좋다는 음식을 많이 먹었다. 내 입맛보다는 아이의 발육에 맞추어 의도적으로 먹었다. 막달에 몸무게를 재어 보니 20킬로그램이나 더 쪄 있었다.

태교도 정성들여 했다. 보름달처럼 둥글고 가득차게 살라고 태명을 '보름'이라 지었다. 유아 교육 서적과 조기 교육 서적, 아동 발달 서적을 탐독했다. 거친 행동은 하지 않았고 말은 온화하게, 옷은 단정하게 입었다.

나라는 여자는 없었고 어미라는 본능으로 숨쉬고 살았다. 임신하고 그 아홉 달은 아이에게 처음으로 가장 많은 공을 들인 시간이었다. 그리고 가장 행복하고 가장 힘든 시간이었다. 한 명의 아이를 낳는다는 건 나를 버려야 가능하다는 걸 엄마가 되면서 깨달았다. 내게 가장 힘든 것이 무엇이냐고 묻는다면 아이를 갖고, 낳고, 기르는 것이라 말하고 싶다.

만약, 만약에 말이다. 어디서나 아이를 그렇게 쉽게 살 수 있다면 여성의 가치도 쉽게 살 수 있을 것이다. 음료 자판기에서 델몬트 오렌지 주스를 뽑듯이 사랑할 여자도 골라 살 수 있을 것이다. 물론 엄마의 가치도 쉽게 살 수 있다. 밥해 주고 청소해 주는 기본적인 것부터 아이의 학교 상담이나 진로, 학업에 대한 컨설팅까지 가격 별로 나온 엄마들도 쉽게 살 수 있을 것이다. 훌륭한 외모, 우수한 학벌의 엄마가 더 비싸질 것은 당연하겠지.

그렇게 된다면 쉽게 산 아이도 쉽게 폐기처분 될 수 있다. 우리는 동네 카페에서 이런 말을 들을지도 모른다.

"옆집 애는 좀 싸게 들여와서 그런지 공부도 못하나 봐요."

"그래서 그 애 부모들이 대리모 업체에 애프터서비스를 요청했다고 들었어요."

"역시 대리모도 싼 게 비지떡이라니까."

돈이면 무엇이든 살 수 있는 세상에서 돈으로 살 수 없는 것을 고르는 것이 오히려 더 어렵다. 조카의 말에 마음이 불편했던 건 가치 때문이었다. 인간은 그 자체로서 존중받아야 마땅하다. 사람을 사람답게 하는 것은 돈으로도 살 수 없는 것에서 나온다. 가치가 그것이다. 가치가 훼손

된다면 도덕도 정의도 없는 야만적인 사회가 될 것은 당연하다.

인간으로서의 가치를 알 수 없게 만드는 시장은 결국 인간은 없고 물질만 남는 사회로 치닫게 된다. 가치를 결정하는 것이 돈이 되어서는 안 된다. 시장 가치가 비시장 가치를 밀어내게 될 때, 돈이 그 가치들을 하나씩 잠식할 때 인간다움도 하나씩 줄어들 것이다.

나의 가치는 얼마일까? 난 돈을 벌지는 않는다. 나의 일은 주로 돈을 쓰는 일이다. 하지만 돈을 벌지 않는다고 해서 가치 없는 인간이라고 생각해 본 적은 없다.

나는 아이를 낳고 키우는 가장 큰 가치를 만드는 일을 한다. 세상에 사람을 만드는 일처럼 위대한 일이 있을까? 피가 흐르고 투명한 살갗을 지닌 아기를 낳고 그 아이가 온전한 사람으로 성장할 수 있도록 모든 것을 짜내어 양육한다. 존재 이유만으로 이미 가치가 있다고 본다. 내가 있기에 아이들이 자랄 수 있고 가족이 존재할 수 있다. 그러니 나의 가치는 돈으로 환산할 수 없다. 단 이 가치를 유지하기 위해 약간의 품위 유지비를 지출하는 건 당연하지 않을까?

〈가을 동화〉라는 드라마가 화제였던 적이 있었다. 원빈은 호텔에서 일하는 송혜교의 마음을 사고 싶어 했다. 하지만 그녀가 관심을 주지 않자 이렇게 물었다.

"얼마면 될까? 얼마면 되겠냐?"

송혜교는 눈물을 흘리며 얼마나 줄 수 있냐고 되묻는다. 자신은 돈이 많이 필요하다고.

만약 내게 묻는다면? 아마도 이렇게 말했을 것이다.

"날 보며 뛰는 너의 심장 280그램어치랑 네 몸에 흐르는 젊고 뜨거운 피 5.8리터어치면 생각해 볼게. 아, 내가 힘들 때 기댈 수 있는 포근한 가슴 40제곱센티미터어치도 잊지 마. 너의 전부가 아니면 나라는 여자를 절대 가질 수 없어. 난 좀 비싸."

내 탓이 아니야

　　봄만 되면 마음이 흔들렸다. 날씨가 풀리면 마음도 풀리기 때문일까. 유독 봄이 되면 여행을 떠나고 싶었다. 머리는 해야 할 많은 일들을 걱정하고 있는데 마음은 콩밭에 있었다. 몸속에 내가 주체 못하는 어떤 기질이 있는 것 같다.

　색이 지나치면 도화살, 방랑이 잦으면 역마살이라는데 내게도 역마살이 있는 건 아닐까? 여행을 좋아하는 것도 병이라면 병일 수 있다던데. 아무래도 이 여행벽은 아버지로부터 물려받은 것 같다. 쓸데없이 아버지 닮지 말라고 귀에 못이 박히도록 엄마의 잔소리를 들으며 살았는데 말이다.

　아버지는 어디든 다니는 걸 좋아하셨다. 우리 집 사진첩엔 아버지의 젊었을 때 야유회 사진이 참 많았다. 놀러 가서 찍은 사진에는 수려한 외모의 아버지가 노래를 부르거나 사람들과 어울리며 웃고 있다. 놀기 좋아하는 분이니 잔칫집도 절대 빠지지 않았다. 주변의 일은 물론이고 먼 친척의 대소사도 거르는 법이 없었다. 오라는 데는 없어도 갈 곳은 많다는 아버지. 어린 날의 기억을 더듬다 보면 늘 아버지 손을 잡고 어딘가를 가는 것이었다.

　결혼하기 전에는 여러 곳으로 다니며 타고난 손재주 덕에 이 일 저 일 잘 하셨던 모양이었다. 그러니 어디든 모르는 길이 없었다. 춘천이고 부산이고 다 꿰고 계셨다. 머리에 지도를 넣고 다니는 듯 방향감각이 꽤나 좋아서 한번 갔던 길은 절대 잊지 않으셨다. 늘 하던 말씀이 '조선 팔도에 안 가본 데 없이 다 다녀 본 사람이야'였다.

　술 좋아하고 놀기도 좋아했지만 며칠씩 혼자 떠나기도 잘하셨다. 주로 엄마와 다툴 때였다. 싸우다 말문이 막힐 때면 답답하다며 집을 떠나셨다. 그럴 때마다 엄마는 '놀다 돈 떨어지면 들어오는 인간'이라고 눈 하나 깜짝하지 않았다. 정말이지 그 말처럼 텁수룩한 수염이 턱을 덮을 때쯤 엄마에게 싹싹 빌며 들어오시곤 하셨다. 그러고는 방 한쪽에 누워 계속 주무셨고 이박삼일은 엄마의 잔소리가 이어졌다. 자신의 방랑에 대해 미안하셨는지 얼마 동안 가정에 충실하셨다.

하지만 그렇게 몇 달이 지나면 또 술을 드셨고 직장도 그만두고 어디로 다녀오셨다. 잘생겨서 첫눈에 반해 결혼한 엄마는 당신의 결정을 두고두고 후회했다.

지금도 아버진 일 년에 한두 번씩 부산이든 어디든 다녀오신다. 그런 아버지도 빠르게 바뀌는 세상사 앞에선 어쩔 수 없는 노인이 되신 듯하다. 한 번은 두 분이 서울 이모네를 찾아간 적이 있었다. 이모네는 전철을 타고 가리봉역에서 내려야 했다. 수원에서 1호선을 타면 구로역 전에 가리봉역이 있어야 하는데 아무리 기다려도 가리봉역이 나오지 않았다고 한다. 결국 몇 개의 역을 지나친 먼 곳에서 내려 버스를 타고 가셨다고 한다. 분명히 가리봉역이 있어야 하는데 없더란다. 그 말씀을 하실 땐 당신이 그토록 자랑스러워했던 길눈이 퇴화되었다고 서글퍼하셨다.

그래서 가리봉역이 '가산디지털단지역'으로 이름이

바뀐 것을 말씀드렸다. 그러자 아버지는 대번에 목소리가 커졌다.

"시펄놈들, 왜 이름을 바꾸고 지럴이여? 암, 그럼 그렇지. 내가 조선 팔도를 안 다녀 본 데가 읍는 사람이여."

리처드 도킨스는 인간을 DNA라고 불리는 분자를 위한 생존기계라고 했다. 결국 우리 몸은 유전자가 자신의 생명력을 유지하는 하나의 이용 장소일 뿐이다. 우리는 이름을 남기고 역사를 남기는 것이 아니라 나를 닮은 유전자만을 남기는 것이란 얘기다. 그래서 피는 물보다 진하고 콩 심은 데 콩 나고 팥 심은 데 팥 난다는 만고의 진리는 변할 수가 없나 보다. 아무리 아버지를 닮고 싶지 않아도 어쩔 수 없이 닮아가는 자신을 볼 때 거역할 수 없는 어떤 끈 같은 것이 나와 아버지 사이에 이어져 있는 것 같다.

아버지의 풍류기질과 여행벽도 당신의 의지가 아니라 유전자의 내력이 아니었을까? 그래서 아버지도 할아버지 탓을 하며 나처럼 힘들었을지도 모른다는 생각이 들었다. 그러니 이 대책 없는 여행벽은 내가 아닌 아버지로부터 찾을 수밖에 없다.

고수와 초보

아파트에 장이 섰다. 생선도 팔고 푸성귀와 과일도 판다. 만 원에 천 원짜리 몇 장 더 들고 가면 장바구니가 푸짐하다. 난 가끔 생선을 산다. 오징어를 살 때도 있지만 주로 사는 것은 삼치나 고등어다. 오늘은 무얼 살지 생각한다.

생선 상자 안에 갈치며 고등어, 새우가 얼음 위에 얌전히 포개져 있다. 푸른 줄무늬가 선명한 고등어도 스티로폼 상자에 가득하다. 금방이라도 뛰어오를 듯 탱탱하다. 그 옆 상자에는 진한 회색의 삼치가 점잖게 누워 있다. 둘 다 등푸른생선으로 인기가 좋지만 맛도 다르고 생김새도 다르다.

고등어는 푸른 등과 탄력 있는 모양새가 꼭 청바지 입은 신세대 같고, 삼치는 진회색 정장을 차려입은 신사 같다. 고등어가 패기 넘치는 새파란 이십 대라면 삼치는 안정적이고 너그러운 중장년층 같다. 나는 삼치가 더 좋다.

삼치로 정한다. 앉아서 어느 놈이 가장 큰지 눈대중을 한다. 삼치는 굵고 큰 것이 맛있다. 굵직한 놈을 손가락 끝으로 가리키자 생선 장수가 도마에 척, 올려놓는다. 구이를 할 것인지 조림을 할 것인지 묻는다. 잠깐 고민을 한다. 구이를 하면 양념을 안 해도 되니까 편하겠다는 생각이 든다. 아니다. 무를 넣고 졸이는 것도 맛있겠다. 망설이다 조림을 하기로 한다. 저번에 구이를 했으니 이번엔 조림이다.

조림이라는 말에 생선 장수는 칼을 들어올린다. 쳐들은 칼끝에 노련미가 흐른다. 먼저 지느러미부터 여유롭게 떼어 낸다. 그 다음 칼을 눕혀 배를 가른다. 내장을 건드리지 않고 깔끔하게 가르는 표정이 신중하다. 내장과 지느러미를 들어낸 삼치는 몸통만 남았다. 생선 장수는 숨을 한 번 들이쉬며 칼을 들어올린다. 내 눈도 칼 끝으로 따라 올라간다. 나는 침을 꼴깍 삼킨다. 한 번 죽은 생선을 다시 한 번 죽이는 과정. 보는 사람은 긴장하지만 칼을 든 이는 동요하지 않는다.

이 부분이 생선 손질의 하이라이트다. 하지만 언제나 그 순간은 몹시 빠르다. 순식간에 탁 탁 탁. 아무리 봐도 신기하다. 나 혼자 그것을 손질하려면 얼마나 애를 먹을 것인가. 도마에 생선을 올려놓고는 난감해할 것이다. 어디를 잘라야 할지, 버려야 할 내장이 무엇인지 몰라 쩔쩔매겠지.

생선 장수는 정확하고 익숙한 솜씨로 생선을 토막 낸다. 무심한 듯 보이는 그의 얼굴과는 반대로 손놀림은 아주 빠르다. 물론 그 많은 생선의 배를 가르고 쳐내면서 여러 번 시행착오를 거쳤을 것이다. 오랜 경험으로 요리에 따라, 생선에 따라 어디를 가르고 자를지 척 보면 알겠지. 아마 생선이라면 눈 감고도 손질할 수 있을 것이다.

나는 아직도 초보 주부티를 못 벗고 있다. 싱거우면 국이요, 짜면 찌개라는 타박을 들으며 산다. 살림도 애송이지만 삶도 풋내기다. 도마 위의 생선을 서툴게 손질하듯 사는 것이 어설프다. 선택과 집중을 잘해야 하는데 말이다. 내장을 건드리기도 하고 살점을 떼어 내기도 한다. 쳐 내야 할 곳이 어딘지 알아도 쉽게 쳐내지도 못한다. 잘못하여 손을 베이는 아픈 맛도 본다. 도통 신참내기에서 벗어나지 못한다.

사는 것이 만만치만은 않다. 뭐 그렇더라도 가끔 운이 좋아 그럴듯한 요리가 만들어질 때도 있다. 이때는 요리사인 양 한껏 으쓱대기도 한다. 그 맛에 산다.

이윽고 그는 봉지에 담아 턱 하고 내민다. 검은 봉지를 받아쥐고 생선 값을 치른다. 만 원짜리 한 장을 내밀면 천 원짜리 몇 장을 착착 거슬러 준다. 남은 돈으로는 골목 끝 포장마차에서 김이 나는 순대를 산다. 만 원으로 삼치 조림도 하고 순대도 먹을 수 있으니 쓰는 재미도 맛나다.

한 손에는 삼치가 든 검은 봉지를, 한 손에는 순대가 든 하얀 봉지를 앞뒤로 흔들며 집으로 간다. 인생 초보가 콧노래를 부르며 흔들흔들 간다.

열매만이 살 길

창문을 여니 찝찔한 냄새가 집안으로 들어왔다. 심하게 역겨운 냄새도 아니지만 그렇다고 무시하기엔 신경이 쓰이는 냄새. 밤꽃이었다. 6월 중순의 날씨지만 한여름 복판에 있는 것마냥 일찍부터 더위가 찾아왔는데, 거기에 밤꽃 냄새까지 사방에 퍼졌다. 불쾌한 근원지는 도로 앞으로 보이는 야트막한 숲이다. 거기에서 집까지 날아온 밤꽃 냄새에 은근히 짜증이 났다.

6월에 피는 밤꽃은 그 향이 독특하다. 어떤 사람은 정액 냄새와 닮았다고도 했다. 어쩜 그런 생각을 다했을까 했는데, 아예 인연이 없는 것은 아니란 생각도 든다. 풀냄새

비슷하지만 청아한 느낌은 전혀 나지 않고 오히려 매스껍고 어지러운 느낌도 든다. 향도 진해서 살갗에까지 냄새가 스며들 때도 있다. 꽃에서 맡아지는 것을 향기라 하지만 유독 밤꽃만은 냄새라고 하지 않을 수 없다. 수술만 길게 나와 있어 꽃도 예쁘지 않을 뿐더러 향 또한 좋지 못하다. 마치 못생긴 요부로 보이는데 지나친 비약일까.

그리고 보니 꽃처럼 뻔뻔스러운 것이 없다. 생물들은 자신의 몸에 생식기를 가지고 있다. 동물들은 주로 잘 보이지 않는 위치에 있지만 식물은 아예 밖에 드러내 놓고 있는 종이다. 꽃, 그 자체가 생식기다. 드러낸 것도 모자라 현란한 빛깔과 향으로 벌과 나비를 유혹한다.

평화로워 보이는 꽃밭은 갖가지 꽃들의 전쟁터다. 뿌리와 줄기, 잎사귀는 가장 크고 화려한 꽃을 피우도록 모든 양분을 꽃에게 퍼준다. 그야말로 올인이다. 꽃은 벌과 나비를 불러들이기 위해 고유의 색과 각각의 매혹적인 향으로 치장한다.

조용하지만 꽃들의 몸짓은 간절하다. 단 며칠, 꽃잎이 시들어 닫히기 전에 일을 끝내야 한다. 꽃은 그렇게 짧은 삶을 불꽃처럼 살다 가기에 작은 꽃밭에도 종의 보존과

번식을 위한 꽃들의 암투는 해마다 반복된다.

꽃을 좋아하지 않는 사람이 있을까. 누구나 꽃을 보면 기분이 좋아지고 저절로 입이 벌어진다. 하지만 그 아름다움 뒤엔 계획적이고 은밀한 번식에 대한 본능이 있다. 무엇이든 이유 없는 것은 없다. 꽃잎이 진 자리엔 열매가 남는다. 향도 사라지고 남은 꽃잎도 흩어지고 나면 오롯이 열매만이 남는다. 열매는 또 다른 싹을 틔우고 꽃을 피울 것이다.

오늘을 치열하게 살 이유는 분명하다. 내가 떠난 자리엔 나를 닮은 열매가 영글어 갈 것이다. 내게는 짜증나고 좋지 않은 냄새로 며칠을 떠돌다 가지만 밤꽃은 밤이라는 열매를 맺기 위해서 오늘도 열심히 정액 냄새를 퍼뜨려야 한다. 열매만이 살 길이므로.

허삼관이라는 사내

　　개가 고양이를 낳았다? 전남 완도에서 개가 고양이를 낳았다고 텔레비전에서 떠들썩하였다. 새끼 일곱 마리 중에 분명 고양이 새끼가 눈도 못 뜬 상태로 다른 새끼와 함께 어미 개의 보호 아래 있었다. 전문가는 이론상 절대 일어날 수 없는 일이라 하였고, 개 주인은 자신의 개가 낳았다고 확신했다.

　검사 결과 생물학적으로 고양이가 분명한 것이 밝혀졌다. 공교롭게도 어미 개가 출산할 때 어디선가 고양이도 새끼를 낳았고 개 주인이 잠깐 눈을 비운 사이 개의 보금자리에 고양이 새끼가 던져졌을 것이라고 추측했다.

이런 황당한 일에 사람들은 난리가 났지만 어미개는 그 고양이 새끼를 다른 새끼와 마찬가지로 여전히 핥아 주고 보호하며 어미의 본능에 충실할 뿐이었다. 분명 겉모습이 다른 걸 미물인 저도 모를 리 없건만 종이 다른 양자를 알뜰히 보살피는 모습에서 피는 물보다 진하지 않을 수도 있겠다 싶었다.

그런 의미에서 《허삼관 매혈기》가 눈에 들어온 것은 필연이다. 물론 유명한 중국 작가라는 타이틀이 더 크게 눈에 들어오기는 했다. 작가는 피와 핏줄의 의미를 허삼관을 통해 보여 준다. 결론부터 말한다면, 훌륭한 작가보다 먼저 만난 것은 조금은 치사하고 때로는 뻔뻔하며 적당히 무식하고 지독히 가난한 사내, 그러나 가슴 따뜻한 아비였다.

피를 팔아 생계를 유지하는 한 남자가 있다. 피를 팔아 장가를 들고부터 크고 작은 고비마다 피를 팔 수밖에 없었다. 아들이 사고를 칠 때 피를 팔고, 양식이 떨어졌을 때 피를 팔고, 자식이 다 죽게 되었을 때 피를 팔았다. 심지어 아내 몰래 정을 나눈 여인에게 선물을 주려고 피를 팔기도 한다. 그의 이름은 허삼관이다.

그는 피를 팔아서 얻은 돈으로 일락이만 빼놓고 식구들과 국수를 먹으러 간다. 자신의 핏줄이 아닌 일락이에게 국수를 사 주는 것이 아까웠다. 일락이는 고구마를 먹었지만 배가 고프고 서러웠다. 집을 나가 친아버지 하소용에게 찾아갔지만 매정하게 외면받고는 길 가는 사람마다 국수만 사 주면 친아들이 되겠다고 사정한다.

허삼관은 집을 나간 일락이를 뒤늦게 찾아 나선다. 일락이를 찾아낸 그는 욕을 퍼부으면서도 아들을 업고 국숫집으로 데려간다. 일락이가 국숫집으로 가느냐고 묻는다. 그는 욕을 멈추고 온화한 목소리로 그렇다고 대답한다. 그의 목소리가 내게도 들리는 듯했다. 그 찌질한 사내가 어쩜 그리 멋져 보이는지. 그도 시행착오를 거치며 부모가 되는 과정을 밟는다.

이 책의 마지막 부분은 허삼관이란 사내를 자세히 보여 준다. 큰아들 일락이가 간염에 걸려 병원비를 구해야 할 때였다. 허삼관은 병원비를 마련하기 위해 피를 파는 여정에 오른다. 결국 피를 팔다 쓰러져 두 번 피를 팔아 번 돈을 수혈받는 비용으로 지불하기도 한다. 그는 상하이에 갈 때까지 그렇게 죽을 고비를 넘기며 몇 번의 피를 팔아 병원으로 간다. 일락이가 누구던가? 자신의 피라곤 한 방울도 섞이지 않은 자식이었다. 그런 의붓자식을 살리고 싶었던 아비. 기꺼이 피를 내어주고라도, 죽더라도 피를 팔아 자식을 살려야 했던 아비. 린푸의 강가에서 피 한 방울이라도 늘이려고 차가운 강물을 마셔야 했던 사내가 허삼관이었다. 나라면 과연 그럴 수 있었을까? 내 핏줄이 아닌 아이를 위해 목숨을 내놓을 수 있을까?

지금은 다문화 시대를 살고 있지만, 전에 우리는 스스로를 단일민족이라고 자랑스러워했다. 그게 지나쳐 혈연 지연으로 똘똘 뭉쳐 자기들만 잘 먹고 잘 사는 악습도 당연하게 여기기도 했다. 한때 고아 수출국으로 악명을 떨친 적도 있으니 우리 민족의 피에 대한 인식은 좀 배타적이라 할 수 있다.

그와 다르게 허삼관은 핏줄과 상관없는 자식에 대한 깊은 애정을 보여 준다. 그에게 있어 피는 돈이 되고 쌀이 될 뿐 생물학적이고 유전자적인 유대관계를 의미하지 않는다. 그에게 피는 말 그대로 혈구와 혈장으로 이루어진 붉은 수분일 뿐이다.

우리가 증명해내려는 유전자나 거기서 무슨 의미를

만들어 내려는 어떤 노력들을 무의미하게 만든다. 그에게 필요한 것은 유전적인 것으로 구분 짓는 가족 구성원의 피가 아니라 팔 수 있는 붉은 물이다. 그것은 아비를 아비답게 만들고 가장을 가장답게 만들고 초라하고 가난한 사내를 위대하게 만든다. 만약 그가 목숨 걸고 살려야 했던 사람이 친자식이었다면 이러한 감동을 주지는 않았을 것이다.

혈연이라는 단순한 구조로 가족의 의미를 찾는 우리 앞에 허삼관은 보란 듯이 피를 판다. 이 무식한 사내는 가슴 저리게 가족의 소중함에 대해서 몸소 보여 준다. 구성원이 양자든 친자든 상관없다. 가족에 대한 신뢰와 사랑을 몸으로 베푸는 그가 진정 아비다운 아비가 아닐까?

모녀

  꽃이 흐드러지게 핀 왕벚나무가 있다.

  햇살 좋은 오전, 마을 앞길을 산책 나온 엄마와 딸.

  유모차를 한쪽에 세우고 엄마는 사진을 찍는다.

  하얀 레이스 달린 원피스를 입은 아이가 하늘하늘 벚꽃
처럼 웃는다.

  아이의 손이 나무를 가리킨다.

  햇살보다 눈부신 아이의 웃음이 앵글에 가득 찬다.

  이제 막 걸음마를 뗀 아이가 벚나무를 올려다본다.

  하늘은 꽃으로 뒤덮였다.

  아이의 봄은 온통 벚꽃 천지다.

아이보다 수십 년을 더 산 나무는 아이를 내려다본다.
아이가 살아낼 삶을 추측해 보려는 듯.

엄마는 벚나무 밑동을 내려다본다.

발밑으로 꽃들이 하얗게 떨어져 있다.

지는 꽃이 아까워 차마 밟을 수 없다.

햇살 좋은 산책길.

꽃그늘에 선 엄마 옆으로 벚꽃송이 흐득흐득 떨어진다.

엄마의 봄날처럼.

가을 하늘

　풀벌레 소리가 문턱을 넘는다. 무더울 것이라 생각했던 더위가 이리 쉽게 사그라질 줄 몰랐다. 제 소임 다하고 물러나는 여름 뒤꼭지가 제법 서늘하다. 가을이 오려나 보다.

　가을이 무슨 색이냐고 묻는다면 노랑도 되고 빨강도 되겠지만 난 파랑이라고 말하고 싶다. 손가락 들어 콕 찌르면 뚝뚝 떨어질 것 같은 코발트블루의 하늘. 마른장마 지루한 여름 하늘이 처마 밑까지 가깝다면 가을은 고고하게 드높다. 잠자리 무리지어 나는 들판, 그 위로 퍼렇게 펼쳐진 도화지. 이 하늘이 있어야 가을을 제대로 느낄 수 있다.

행복해지고 싶은 날 팬케이크를 굽는다

내가 가을을 좋아하는 것도 이 때문이다. 봄에도 하늘이 있고 여름에도 하늘이 있지만 하늘을 빼놓고는 가을을 말할 수 없다. 들판이 황금색으로 풍요롭게 보이는 것도 하늘이 파래서이고, 코스모스 여린 꽃잎이 애처롭게 보이는 것도 그 때문이다. 바탕색이 있어야 사물이 드러난다. 하늘이 이 모든 것들을 아름답게 보이도록 만든다.

어느 해 가을, 목화솜을 새로 틀어 베개를 만들었다. 그걸 목에 받쳐 주면 아이는 솔솔 낮잠을 잤다. 그 옆에 같이 누우면 열린 베란다 창으로 하늘이 파랗게 들어왔다. 창문으로 바람이 들락거리고 깜박 졸음도 몰려왔다. 그 가을 한낮, 하늘은 높고 파랬다. 거기에 빠지고 싶었다. 세상은 고요하고 멈춘 시간 위로 슬픔도 고통도 잠깐 정지하는 듯했다.

힘들고 남루했던 나의 삼십 대에 그나마 빛나던 날들이 그런 시간들이 아니었을까? 기저귀를 널다가, 아이를 재우다가, 그리고 울다가 쳐다보던 그 가을 하늘.

하늘이 파랗게 보이는 것이 공기층에 따라 반사되어 그렇게 보인다지만, 공기가 맑아서 더 파랗게 보인다지만, 가을이라서 그런 것이라는 생각이 든다. 한여름의 뜨거운 정열도 시간이 흐르면서 식고 소나기처럼 어수선했던 잡음도 가을이 되면 제자리를 찾아간다. 가을 공기가 맑아지는 것처럼 마음도 맑아지는 때다.

이불 빨래를 널어놓고 하늘을 본다. 파랗다. 가을 하늘은 여전히 그 빛이 바래지 않았다. 다만, 그 하늘을 바라보던 나는 예전의 내가 아니다. 계절의 약속은 언제나 청춘인데 사람의 몸은 시간 따라 변한다. 영원과 소멸은 한 자리에 마주하고 어울리며 그렇게 갈 것은 가고 남을 것은 남는다.

내 옆에서 낮잠을 자던 아이는 어느새 세발자전거를 타는가 싶으면 인라인스케이트를 탔다. 내가 없으면 하늘이 무너지는 줄 알던 아이는 혼자 버스를 타고 학원에 다닐 만큼 컸다. 아이가 더 크면 언젠가는 독립을 할 것이고 배우자를 만나 아이를 낳을 것이다. 그러면 누군가의 바탕색이 되고 하늘이 되겠지.

나는 이제 남겨진 숙제를 고민해야 한다. 남아야 할 것들에 대하여, 변하지 않을 가치에 대하여.

하필이면 왜

어쩌다 눈길이 머문 곳이 도로 옆 절벽이었다. 얕은 산을 깎아 시멘트 절벽을 만들어 놓은 곳이었다. 그 절벽 틈에 간신히 뿌리내린 강아지풀을 보았다. 하필 왜 그런 곳에 자라났을까?

이 들풀이 마음에 들었다. 풍요롭지 못한 자리에서 나름대로의 한 삶을 펼치는 것이 마음을 당긴다. 꽃도 아니고 나무도 아닌 들풀로 결정지어진 운명도 달갑지 않았을 텐데 어쩌다 뿌리내린 곳이 시멘트 틈이라니. 그래도 그렇게 살아 있는 것으로서의 최선을 다하는 것이 고맙다.

살아가는 것들의 고단함이 이 들풀에게는 배로 더 무거

웠을 질긴 삶. 싹을 틔우느라 단단한 시멘트 틈을 얼마나 비벼댔을까? 물길을 찾느라 곧게 뻗지 못하고 구부러지고 엉킨 뿌리는 어떠했을까? 종일 햇살을 따라 목을 빼고 주변을 살피느라고 줄기는 뻣뻣해졌을 것이다. 같은 처지의 동료도 없이 입술 깨물어 가며 견뎠을 외로움. 혹독한 환경에서 살아남으려고 평지에서 자라는 풀보다 얼마나 더 많은 날을 자신과 싸우며 견뎠을까.

　동물이나 식물도 같은 것끼리 무리지어 사는데 혼자만 뚝 떨어져 누구의 눈길도 머물지 않는 곳에서 산다는 것이 쉽지는 않았을 것이다. 그만 포기하고 싶어지는 환경이 원망스러웠으리라.

　어디 마음에 안 드는 운명을 뽑은 것이 비단 그 강아지풀만일까. 국가도, 인종도 선택할 수 없는 것이 사람이다. 가난하고 무식한 부모를 둔 것도 그러고 싶어 선택한 건 아니다. 태생적 장애든 후천적 장애든 조건이나 환경을 자신의 의지대로 결정할 수 있는 것은 아니었다. 그렇더라도 들풀처럼 다부지게 살아주는 것이 이 땅에 태어난 것들의 도리다. 사는 것이 아니라 살아내는 것이다.

　언젠가 스승이 물었다. 왜 사는가 하고. 사는 목적이 무엇이냐고. 어떤 사람은 꿈을 이루기 위해서라 했고 어떤 사람은 죽지 못해서라고 했다. 스승은 아니라고 했다. 사는 것 자체가 목적이라고. 사람은 살아야만 제 소임을 다하는 것이라고 했다. 그러니 사는 게 아니라 살아내야 하는 것이다. 잠깐을 살다 갈지라도 태양이 뜨고 달이 기우는 걸 볼 수 있는 건 축복이다. 사람만이 아니라 생명이 붙여진 모든 것은 나름의 방법으로 살아내야 한다.

강아지풀은 저 안간힘으로 살아내는 임무를 완수하고 있다. 시멘트 틈에서 혹은 보도블록 작은 틈에서 인간에게는 몇 달 되지 않는 계절이지만 한평생으로 알고 산다.

중요한 것은 살아서 잎을 틔웠고 뿌리를 내렸다는 것이다. 바람을 느끼고 비를 맞다가 한해살이풀로서 여생이 다하면 저를 닮은 씨앗 몇 톨 떨어뜨려 놓고 시든다. 이름이 없을지라도 지상에 존재했다는 것을 입증하며 한생을 살다 스러진다.

나는 얼마큼 산다는 것을 입증하며 걸어왔을까? 강아지풀을 보면 '하필이면 왜?' 했던 때가 떠오른다.

함께 밥을 먹는다는 것은

　'밥 한 번 같이 해요.' 이런 말이 오갈 때가 있다. 참 이상한 것은 '라면 한 그릇 해요' 라든가 '스시 한 젓가락 어때요' 또는 '스테이크 한 점 썰어 봅시다' 라고 하지는 않는다. 파스타를 먹거나 자장면을 먹더라도 약속을 할 때는 대개 밥을 먹자고 한다.

　그러고 보면 밥이란 특정한 음식의 범위를 넘어 상징성을 갖는다. 오랫동안 밥을 먹어 온 우리의 뼛속 깊이 새겨진 끼니가 말에도 들어가 있는 것을 보면 말이다. 밥벌이, 밥줄, 밥값….

　식구를 말할 때도 한솥밥을 먹는다고 하는 것처럼 밥에

는 친분이나 정을 전제로 하는 일종의 커뮤니케이션이라는 의미가 들어 있다. 같이 밥을 먹은 사이는 서로 등 돌리거나 뒤통수치는 일이 없어야 한다는 불문율 같은 것이 아닐는지.

우리는 혼자 먹는 것보다 여럿이 먹는 경우가 많다. 모르는 사람과 함께 버스를 타기도, 목욕탕에서 때를 밀기도, 맥줏집에서 축구를 보기도 하지만 아무하고나 밥을 먹지는 않는다. 식당엘 가 봐도 혼자 먹는 사람은 많지 않다. 개도 자기 밥그릇 앞에는 아무도 얼씬거리지 못하게 하는데 사람은 혼자 먹는 모습이 익숙하지 않다. 왠지 쓸쓸해 보이기까지 한다. 그렇게 보이지 않으려고 기를 쓰고 뭉쳐서 밥을 먹는 것인지도 모른다.

사람들과 밥을 먹다 보면 그 사람의 성격과 살아온 날을 추측할 수 있게 된다. 급하게 먹는 사람은 무언가에 쫓기듯 사는 것 같다. 여유가 없으면 사람들은 주문할 때도 먹고 싶은 것보다는 빨리 나오는 메뉴를 시키고, 먹을 때도 금세 먹어치운다. 먹기보다 채운다는 의미로 식사를 한다. 이런 모습을 보면 참 서글퍼진다.

주변 사람이 먹기 전에 한 가지 음식만 다 먹어 버리는 사람도 있다. 눈치가 없는 것인지 배려를 모르는 것인지 묻지도 않고 먹는다. 오로지 먹는 것밖에는 안중에 없는 사람처럼 보인다. 물론 부족한 밥이 남는다는 말처럼 서로 눈치보고 안 먹어서 남으면 아깝지만 이럴 때는 짜증이 난다. 대개 그 사람의 시야도 좁아 보인다.

끔찍한 경우가 쩝쩝 소리 내어 먹고 음식을 씹고 있는 상태에서 말을 할 때다. 상대의 입속에 음식이 씹히는 것이 보이고 급기야 그 파편이 내게로 튀는 경우는 정말이지 같이 식사하게 된 걸 후회하게 된다.

하지만 다 그렇지는 않다. 좋아하는 사람이 그런다면, 친한 사람이 그런다면 기꺼이 파편을 맞아 줄 수 있다. 내가 좋아하는 사람이 그러면 너그러워지고 미운 사람이 그러면 밥상을 엎고 싶지만 말이다.

나는 혼자 먹을 때가 많다. 점심은 주로 집에서 혼자 먹는데 일을 하다가 먹는 것을 미룰 때가 있다. 쓰러지기 직전까지 가서야 식사를 하는데, 이럴 때에는 급하게 먹게 된다. 최대한 천천히 먹어야 한다고 생각하면서도 턱 근육은 빠르게 움직인다. 그렇게 먹을 때는 평소보다 더 먹게 된다. 적당하게 먹었음에도 늦춰진 시간에 대한 보상을 하려는 것인지 후식도 더 욕심껏 먹게 된다.

입 주변에 음식물이 묻어도 상관없다. 보는 사람이 없으니 신경 쓸 이유가 없다. 한 가지 음식만 먹어도 누가 나무랄 사람도 없고 지저분하다고 할 사람도 없다. 이런 때가 짐승의 시간에 갇히는 때다. 혼자 먹게 될 때 우리는 짐승이 될 수 있는 조건을 충분히 갖고 있다. 그래서 그 짐승 같은 시간에서 벗어나기 위해 함께 밥 먹기를 고집하는 것이 아닐까.

사실, 먹는 것 앞에서 짐승 아닌 사람이 얼마나 될까? 위와 장을 채우기 위해 사람들은 또 얼마나 짐승처럼 포악해지고 비굴해져야 하는지 말이다. 사람의 역사라는 것이 위와 장을 채우고 비우는 순환처럼 뺏고 뺏기는 반복이 아니었을까. 동식물 살아 있는 것들을 죽여서 얻는 음식을 먹는다는 것은 남의 목숨 끊어 내 생을 늘여 붙이는 행위인 만큼 구차하고 눈물겨운 노동이며 경건한 의식이다. 밥이 그냥 밥이 아닌 이유다.

이를테면 밥을 먹는다는 것은, 송곳니 세우고 달려들어 상대의 명줄을 끊어 놓아야 되는 포악함이나 꼬리 내리고 눈치 보는 비굴함에 대한 일종의 우아한 보상인 셈이다.

그러니 퇴근 후의 따뜻한 저녁 밥상이나 특별한 날의 외식은 먹고 사는 것에 대한 고단함을 위로해 주는 것이라고 볼 수 있다. 그런 날 식구들과, 혹은 동료들과 함께 하는 밥은 음식 그 이상으로 속을 든든하게 해 준다.

그래서 함께 먹는 밥에 대한 인심만큼은 넉넉했던가 보다. 모내기 하다 들에서 점심을 먹을 때, 일꾼도 아닌데 지나가는 사람이라도 있으면 불러앉혀 숟가락을 쥐어 주고 제삿밥도 이웃을 불러 같이 먹었던 것처럼 말이다.

여러 사람들과 밥을 먹는다는 것은 즐거운 일임에 틀림없다. 그러나 단지 즐겁기 때문만은 아니다. 사람들은 밥을 함께 먹으며 산다는 것의 힘겨움을, 외로움을 공유한다. 나누면 그 외로움도 가벼워지기 때문이다. 자신들의 텅 빈 속을, 마음을 채우기 위해 함께 밥을 먹는다. 먹는다는 동물적인 본능을 함께 밥을 먹음으로써 사회적인 소통으로 향상시키는 것이다.

밥. 숟가락 들어 입안 깊숙이 밀어 넣는 것. 목 안쪽에 밥을 들이는 행위는 본능과 연결된 일이기에 거기엔 어떤 가식이나 허위가 들어있지 않다. 함께 밥을 먹은 사이가 더욱 가깝고 편한 것은 이것 때문이다. 그렇기에 식구나

친구나 동료는 함께 잠을 잔 사이보다 더 가까운 사이일
수 있다.

  가까운 사이에 극악한 범죄가 일어나는 것을 가끔 뉴스
로 듣는다. 그러고도 밥이 목구멍으로 넘어갔는지. 밥이
아까운 짐승이다.

데자뷰

　　서두른 것이 화근이었다. 가방을 뒤져 도서관 대출 카드를 찾았지만 없었다. 무인 대출기 앞에서 랭보의 시집을 집어들고 난감한 상황에 잠시 허둥거렸다. 가져간다고 하고선 그냥 책상 위에 대출 카드를 놓고 온 것이 생각났다. 슬며시 꼼꼼하지 못한 성격에 화가 나고 한술 더 떠 왜 하필 그 책이 읽고 싶었는지 화가 났다.

　　아주 오래전에 살다간 프랑스 시인의 시를 왜 그렇게 읽고 싶었을까. 평소 좋아하지도 않다가 어쩌다 떠올린 음식이 간절히 먹고 싶을 때가 있는 것처럼 갑자기 그 책이 읽고 싶어 견딜 수 없었다.

집었던 책을 내려놓고 도서관을 나오는데 좀 기운이 빠졌다. 그리고 슬며시 서글퍼졌다. 욕구가 좌절될 때 밀려오는 허탈감과 함께 아주 오래전에 느꼈던 어떤 감정이 몸을 휘감았기 때문이다.

막 여덟 살이 되던 해였다. 그날도 눈이 올 것 같았고 입김을 불면 뽀얀 김이 나왔다. 벙어리장갑을 꼈어도 손이 시렸다. 학교 앞에서 파는 오뎅은 아마도 삼십 원이었던 것 같다. 하교 시간이면 더 맛있게 보였다. 빨간 떡볶이가 지글지글 끓고 있었고 그 옆엔 누런 오뎅이 긴 꼬치에 꽂혀 있었다. 먹음직스러웠다. 언젠가는 저 맛난 것을 먹어 보리라 생각하며 그곳을 지나 집으로 갔다.

어떤 이유인지 기억나지 않지만 하교 후 내 손에는 동전이 들려 있었다. 오뎅을 사 먹을 생각에 다시 학교로 걸어갔다. 그때까지 내 손으로 무엇을 사 본 적이 없는 나는 그것이 내 생애 최초의 구매활동이라는 생각에 약간 흥분되어 있었다. 학교 앞까지 걸으면 한 사십 분 되는 거리였다. 머릿속에는 먹기 좋게 부풀려진 오뎅이 둥둥 떠다니고 있었고 남은 동전으로는 그 옆 문구점에서 무엇을 살지 미리 셈을 해 놨다.

그런데 학교 앞 문구점은 열려 있었지만 오뎅을 팔던 포장마차는 문을 닫고 없었다. 눈앞이 김처럼 뿌옇게 흐려졌다. 날 기다려 줄 것 같은 오뎅은 그 어디에도 없었고 골목엔 아이들 한 명 없었다. 시린 바람이 불었고 한겨울 골목에서 나는 멍하니 서 있었다. 친구도 엄마도 없이 추운 겨울 날 혼자 그걸 먹으러 왔어야 했는지가 서러웠다.

데자뷰. 어떤 다리를 처음 건너는데 갑자기 그 다리를 전에 걸었던 것 같은 느낌. 모르는 동네에 왔다가 너무 쓸쓸해지는 느낌들. 최초의 경험임에도 불구하고 이미 경험한 적이 있다는 느낌이나 환상이 가끔 생긴다. 왜 그때 일을 기억하는지, 전혀 상황도 다르고 장소도 다른 곳에서 삼십여 년 전에 느꼈던 감정이 왜 불쑥 올라올까?

생각했던 대로 일이 되지 않을 때 느꼈던 좌절을 몸이 기억해 두었다가 그와 비슷한 일이 생기면 그 감정들을 퍼 올리는 것일까? 좋은 기억보다는 아프고 서러웠던 기억을 더 깊이 묻어 둔다. 상처가 아물어도 어딘가에 아픔들을 감추고 있다가 마음이 허기지면 스멀스멀 올라오나 보다.

간절히 먹고 싶었던 음식에 대한 열망이 겨울바람에 차갑게 식어가는 걸 느끼며 서 있던 여덟 살 나는 서러움이란 허기에서 오는 것임을, 누추한 식탐이 부끄러운 것임을 그때 알았는지도 모르겠다.

갑자기 어떤 책이 읽고 싶을 때, 어떤 음식을 먹고 싶은 생각이 고집스레 며칠이고 떠나지 않을 때, 그때가 나는 허기지고 지칠 때인 듯하다. 지병처럼 정신적으로 허기져 있을 때 말이다.

호두과자

　동그란 과자. 빵 같기도 하고 과자 같기도 한 과자.
난 호두과자를 참 좋아한다. 입맛이 꼭 어린애들처럼 달
달한 것을 좋아하는데 그중에 이것도 끼어 있다. 고속도
로를 타다가 휴게소에 들르면 이 과자를 꼭 사 먹는다. 막
구운 것을 입안에 넣으면 겉은 바삭하고 안은 부드럽다.
　시간이 한참 지나 뜨겁지 않은 것도 내 구미를 돋운다.
부드러운 껍질도 촉감이 좋다. 크기도 적당해서 손에 쥐
면 쏘옥 들어온다. 서운하게 한 번에 털어넣는 것도 아니
고 너저분하게 여러 번 베어 먹는 것도 아닌, 두 번에 나
누어 먹을 수 있어 정감이 간다.

호두과자를 받았다. 천안에 사는 손님이 방문하면서 사 왔다. 천안이라는 말만 들어도 마음이 여유롭게 늘어졌다. 금세 사촌 오빠들의 말소리가 들리는 듯했다. 동글동글하 고 부드러운 몸체를 얇은 종이에 싸 놓았다. 조르르 줄을 세워 맞춰 상자에 담아 놓은 것이 정성스럽게 보였다.

호두 조각을 보니 입에 침이 고였다. 종이를 벗기고 한 입 물어보니 빵이 부드럽게 허물어지며 팥앙금이 혀에서 녹았다. 호두의 질감이 어금니에서 혀뿌리로 미각의 세포 들을 깨웠다. 세월을 타고 올라오는 목메이는 잘디잔 행 복감들이 입안에서 씹혔다. 입안 가득 채워지는 달콤함에 아득한 어릴 적 기억이 오물오물 따라오는 것이었다.

할머니는 나를 데리고 자주 나들이를 하셨다. 언제나 쪽 찐 머리에 한복을 입고 집을 나섰다. 천안 낭골은 아버지 외가가 있는 곳이다. 그곳에는 할머니의 오라버니가 살고 계셨다. 이마 한가운데가 움푹 들어간 할아버지였다. 할머 니처럼 쌍꺼풀 진 눈이 깊고 컸으며, 코가 좁고 높았다. 날 보고서도 왔냐는 말 한마디 없이 보는 둥 마는 둥 하셨다. 그러고는 며느리를 시켜 감이나 먹을 것을 내오게 했다.

나는 할아버지가 무서워 마주치기 싫었지만 그 집에

가는 건 좋아했다. 야트막한 담 안에 감나무가 있었고 싸리비로 말끔히 쓸어 놓은 널찍한 마당엔 가을이면 낙엽이 떨어졌다. 그 집 사랑채 뒤란에는 조릿대가 많이 자라고 있었다. 마루에 앉아 가만히 들어보면 비 온 뒤 불어대는 바람에 잎사귀들이 서로를 부비는 소리가 났다. 거기 앉아서 감이며 대추 같은 것들을 먹었다.

주로 기차를 이용했지만 더러 버스도 이용했다. 할머니를 따라 나서면 어디를 간다는 것보다 차를 타면서 먹게 될 주전부리에 더 신이 났다. 할머니는 멀미를 잘해서 차를 타기 전 먹을 걸 늘 준비하셨다. 사과나 사탕 같은 것들이었다.

기차 안에서는 주황색 망에 다섯 개씩 넣은 귤과 삶은 달걀을 팔았다. 까면 뽀얀 달걀도 내가 좋아하는 것 중 하나였다. 언젠가는 밀감을 사 달라고 조른 적이 있었다. 할머니는 밀감 대신 들고 오신 사과를 내밀었다. 나는 사과보다 밀감이 먹고 싶었지만 더는 조르지 않았다.

호두를 보면 천안이 생각나고 천안역이 생각난다. 호두과자 한 알에 천안역이 보이고 할머니의 손을 잡고 있는 예닐곱 살의 빼빼마른 아이가 보인다. 추웠는지 더웠는지는 모르겠지만 할머니의 옥색 한복 치맛자락만이 선명하다.

미각은 먼지 쌓인 추억에 후 하고 바람을 불어넣는다. 세월의 먼지는 날아가고 빛바랜 진실들이 오롯이 남아 있다. 미인이었고 일찍 청상이 되었던 할머니 삶이 그리 순탄치 않았다는, 그런 자질구레한 진실들 말이다. 그때는 전혀 생각지 못했던 그런 사실들이 목을 메게 한다.

몇 알은 식사 때 후식으로 남겨놓고 나머지는 밀폐 용기에 넣었다. 올망졸망 자리 차지하고 들어앉은 모양새가 정겹다. 작은 얼굴에 유달리 주름살이 많았던 할머니, 호두과자는 할머니처럼 따뜻하다.

4.

용기 없어 놓치고 만 것들

    벤치 옆에서 놀던 아이가 뭘 꺼내 달라며 운다. '탱탱볼'이라는 작은 공이 블록 밑으로 빠졌다. 그 밑으로 시커멓고 얕은 수로가 있다. 모른 체하는 엄마 대신 내가 손을 넣어 더듬거려 봤으나 집히는 것이 없다. 들어내고 보면 좋을 텐데 떨어질 것 같지 않아 보인다.

  아이는 엄마에게 책임을 묻는다. 엄마가 실수로 떨어뜨렸으니 엄마가 찾아야 한다고. 엄마는 소중한 물건을 가방 안에 넣지 않은 아이 탓을 한다. 자신의 공을 포기하지 못하는 아이는 울음을 그칠 기미가 없다. 옆에 있던 아주머니들이 위로하지만 소용없다. 집요하게 꺼내 달라며 엄마를 조른다. 그쯤 되자 엄마는 아예 외면을 하고 아주 머니들은 안타깝게 아이만 본다. 아이의 울음소리만 들리는 가운데 어른들은 난처하기만 하다.

그 모양을 보던 한 남자가 다가와서는 망설이는 기색도 없이 시멘트 블록을 들어올린다. 모두의 입이 떡 벌어진다. 들어올리면 거기에 공이 있다는 걸 알고는 있지만 누구 하나 그걸 들어올릴 수 있을 거라고 생각해 보지는 않았다. 모두 불가능하다고만 생각하고 시도해 볼 엄두도 내지 못했다.

남자 여자 짝을 정하는 시간, 같이 앉고 싶은 짝의 이름을 써내라고 했던 초등학교 4학년 교실. 속으로 좋아하던 남자아이 이름을 써내려고 했지만 도저히 쓸 수가 없었다. 망설이다 결국 마지막이 되어 급하게 써낸 이름은 나를 괴롭히던 아이 이름이었다. 어이없었다. 의아해하던 선생님 얼굴이 생각난다. 별난 취향을 가졌다고 생각했으리라. 내 속도 모르고. 좋아하던 아이는 용기 있는 어떤 여자아이가 차지해 버렸다. 몇 달 동안 나는 책상에 금 그어 놓고 넘어가면 무조건 칼로 그어 버리는 남자아이와 짝을 할 수밖에 없었다.

비단 그때의 일만이 아니다. 살아오면서 많은 선택의 순간에 나는 얼마나 바보처럼 겁을 먹었는지 모른다. 이런저런 이유로 최선이 아닌 차선을, 선택을 하는 게 아닌 선택되어지며 살아왔다. 본능보다는 머리로 계산하며 알고도 모른 체 하고 안전하고 무난하게 살아왔다.

지나간 시간은 늘 부끄러움과 아쉬움으로 남는다. 어느 화장실에서 본 문구가 생각난다. 실패한 사실이 부끄러운 것이 아니라 도전하지 못한 비겁함이 더 치욕적이라고.

그게 들어올려질 줄 몰랐다며 궁색한 한마디를 남기고 아이의 엄마는 자리를 뜬다. 만족스런 아이는 공을 꼭 쥐고 엄마 손에 이끌린 채 가고 옆에 있던 사람들도 얘기를 마치고 간다. 남자도 가고 공원은 다시 조용해진다. 가을 공기는 서늘하고 귓전엔 아직도 아이 울음소리가 들리는 것 같다. 혼자만 남아 가만히 하수구를 내려다본다.

하수구에 떨어진 것이 작은 공만은 아니었다. 삶 골목골목에 수없이 나타나던 시멘트 블록. 그 담 앞에서 돌아서던 기억들. 해 보지도 않고 지레 겁을 먹으며 토끼처럼 살아온 내 삶이 거기서 나를 부른다.

"제발 꺼내 줘, 꺼내 달란 말이야!"

목련 꽃잎 지던 날

　　전화선 너머에서 아이는 울고 있었다. 금붕어가 죽었다는 것이다. 금붕어 보러 할아버지댁에 간다며 생글거리던 아이였다.

　"우리 집에서 오래 살았잖니."

　고작 할 수 있는 말은 이것이 다였다.

　아이의 성화로 사다 놓은 금붕어 세 마리 중 두 마리는 이틀 만에 죽고 한 마리만 남아 일 년 정도 키웠다. 처음엔 금방 죽을 줄 알았던 금붕어가 잘 자라는 게 대견했는데 일 년 정도 지나니 조금씩 게을러지면서 물 갈아주는 일조차 귀찮아졌다. 마침 시댁에도 금붕어를 몇 마리

키우고 있어서 그리로 옮겼다. 그런데 하루 만에 죽고 말았다. 조금 편하고자 했던 무책임한 처사가 금붕어를 죽게 만들고 아이 가슴에 그늘을 만들었다.

죽음과 이별에 익숙하지 않은 아이. 아이 눈물이 내 가슴에도 똑똑 떨어졌다. 세상 어느 것이든 이유 없이 태어나는 것은 없다. 손가락 한 마디도 되지 않는 작은 생물을 사지로 내몬 주인의 죄를 덜까 싶어 마지막 인사치레라도 해야 했는데 그러지 못했다.

꼭 아이만 할 때였다. 초등학교 4학년에 치렀던 작은 장례식이 생각났다. 새 학년이 시작되면 교실 미화라고 해서 교탁 위 꽃병에 꽃을 꽂고 뒤쪽 사물함 위의 어항에 금붕어를 키웠다. 아이들이 너도나도 수시로 물을 갈아주고 먹이를 주니 금붕어들은 대개 봄이 가기 전 죽었다. 여리고 어이없는 목숨들이 가여워 학교 뒤란에 묻어 주고 친구들끼리 장례식을 치르고 울어 주었던 기억이 난다. 개나리꽃으로 무덤을 장식하고 나무젓가락으로 십자가 모양을 만들어 꽂는 것도 잊지 않았다. 슬프기보다는 그렇게 정성을 들임으로써 금붕어를 죽게 한 책임감에서 벗어나고 싶어서 그랬던 것 같다. 금붕어의 장례식은 그 나이

때 허구한 날 하던 소꿉놀이 같았지만 이후 죽음을 생각할 때마다 떠오르는 기억 중의 하나가 되었다.

인정하기 힘들었던 죽음은 고등학교 때 짝이었다. 짝은 조퇴하는 친구를 배웅해 주고 수업을 알리는 종이 울리자 급하게 교실로 뛰어왔다. 이상하게 수업시간이 되었어도 그대로 엎드려 있었다. 힘들어서 그랬으리라 생각했는데 갑자기 짝의 의자에서 주르륵 오줌이 쏟아졌다. 흔들어도 움직이지 않는 짝의 얼굴은 하얀 목련 꽃잎 같았다. 남자 선생님이 짝을 업고 병원으로 가고 불안한 마음이 든 나는 조용히 오줌을 닦았다.

다음 날이었다. 평소 심장병을 앓던 그 애가 죽었다는 것이 전교생에게 알려졌다. 조회 시간에 애도 묵념이 있었다. 교장 선생님의 목소리는 침통했고 여러 아이들의 울음소리가 여기저기서 흘러나왔다. 그러나 정작 짝이었던 나는 눈물 한 방울 나오지 않았다.

육체는 사라지고 없어도 산 사람이 기억하는 한 죽은 사람은 계속 그의 곁에 머무는 것일까. 몇 번의 봄이 지나고 목련 꽃잎 뚝뚝 떨어진 길을 지나던 날 한참을 울었다. 목련 꽃잎처럼 하얗던 얼굴. 웃을 때 수줍게 보조개가 패던 짝.

그때서야 그 애를 참 좋아했다는 걸 알았다.

어떤 죽음이건 안타깝지 않은 죽음이 있을까. 길바닥에 꿈틀거리는 지렁이의 죽음조차도 애처로운데 가깝게 지내던 사람이나 동물이 덜하진 않을 터. 한 번 세상에 왔으면 반드시 가야 하지만 매번 경험하고서도 항상 처음인 듯 가슴 아프다.

아이보다 조금 더 살았음에도 죽음에 대해 시원하게 설명을 해 줄 수가 없었다. '사람이 죽으면 어디로 가?' 하며 묻는 아이한테 아직 모른다고 했다. 죽어 보지 않고 그걸 어떻게 알 것인가. 다만 개똥밭에 굴러도 이승이 좋다는 말을 믿으며 오늘을 열심히 살아내는 것이 최선이겠지.

배부르지 않는 꽃

초등학교 3학년 봄이었다. 산으로 올랐다. 나무들은 이파리를 틔우지 못했다. 그렇게 괴괴하고 칙칙한 산에 연분홍빛 진달래가 피어 있었다. 잎사귀도 없는 가지에 꽃만 화사한 진달래.

자꾸 배가 고팠다. 저녁때가 되려면 한참 멀었는데. 학교가 끝나고 집에 왔더니 엄마는 공장에 일 나가고 없었다. 중학생 언니도 학교에서 오지 않았다. 숙제를 끝냈어도 집에는 아무도 없었다.

집 앞으로는 벼 베고 갈지 않은 논들이 있고 그 앞으로 신작로가 있고 냇가가 있었다. 집 뒤로는 야트막한 산이 있었다.

　나는 진달래를 따서 먹었다. 꽃잎 하나를 뜯어 입안에 넣었다. 떨떠름한 비린내가 입안에 가득 고였다. 또 하나 따 넣었다. 처음보단 괜찮았다. 언니는 언제 오나. 산 아래 신작로를 내려다보았다. 버스가 지나갔지만 아무도 내리지 않았다. 진달래를 아예 한 줌 뜯어 입안에 구겨 넣었다.

　세상이 참 고요하였다. 언제까지나 그렇게 조용할 것만 같았다. 신작로 정거장까지 내려가 언니를 기다릴까 하다가 그만두었다.

　열 살의 봄날, 오후 해는 참 길기도 길었다. 먹을수록 더 배가 고팠다. 진달래는 먹는 꽃이다. 먹어도, 먹어도 배부르지 않는 꽃이다.

반지꽃과 할머니

　　벚꽃이 지고 나니 금방 오월이다. 화단에 제비꽃이 피었다. 가는 꽃대에 파르르 떠는 여린 꽃잎. 작고 고운 보랏빛으로 할머니 무덤가에 피었던 그 꽃.

　반지꽃이라 했다. 주머니가 달린 진한 보라색 꽃을 가진 제비꽃. 꽃잎 밑에 달린 주머니를 떼어내고 꽃대를 끼우면 동그랗게 반지가 만들어졌다. 햇살 좋은 장독대 어귀에 피어 있었다. 초등학교에 다니던 나는 간장독 옆에서 소꿉놀이 살림살이를 늘어놓고 제비꽃으로 반지를 만들며 놀기도 했다. 그러면 고추장 단지에 소금을 뿌리고 망을 씌우던 할머니는 내가 만든 반지를 바라보았다. 정맥

들이 불거지고 주름진 손으로 허리를 짚으며 등을 펴던 할머니.

"너 시집가는 건 보구 죽어야 하는데."

꿈속처럼 아른거리는 아지랑이가 들판에서 피어났다.

여러 해가 가고 나 또한 제비꽃을 보면 좋아할 만큼 심심한 나이도 지났다. 할머니는 많이 기다리지 못했다. 내가 시집가는 것도 못 보고 돌아가셨다.

몇 달을 시름시름 앓아누우셨다. 삶의 문을 닫는 일이 그리 쉽지는 않았다. 뼈만 남은 몸으로 누워 저승의 문턱을 넘는 할머니를 보는 것은 참으로 힘들었다. 언제 닫힐지 모르는 이승에서의 고통은 며칠이든 몇 달이든 견디기 힘들다. 암이나 질병처럼 예정된 죽음은 차라리 고상한 방식이었다. 병원에 데려갈 수도, 약을 쓸 수도 없는 상황을 인정하고 처음 왔던 곳으로 보내는 것이 모멸스럽다고 한다면 이상할까.

아무것도 해 줄 수 없을 때의 무력감은 모멸감을 동반했다. 할머니가 그렇게 누워 있어도 난 밥이 입으로 넘어갔고 밤이면 간간이 깨어 대소변을 처리할 때 빼고는 잠도 잘 잤다. 그런 구차한 생존 본능은 마음을 무겁게 하고 마지막 한 달을 아주 더디게 시간이 흐르도록 만들었다. 어찌하여 사람은 올 때도 힘들고 갈 때도 고통스러울까. 사람이 자연적으로 죽는다는 것이 얼마나 잔인한 일인지 나는 스물 초반에 알아버렸다.

할머니가 떠나기 전까지 함께 방을 썼다. 방안은 이미 다른 사람이 들어와서 숨을 쉴 수 없을 정도로 냄새가 났다. 가래 끓는 소리와 신음 소리를 들으며 잠을 잤다. 간 간이 소리 없이 울었고 하루에 두세 번 할머니에게 죽을 먹여 드리며 가래 뱉은 통을 비우고 변기를 씻었다. 그것이 내가 할머니에게 해 드릴 수 있는 마지막 증명이었다. 내 몸 속에 당신의 핏줄을 남긴 것에 대해서 증명하는 일. 돌아갈 곳으로 가는 것을 지켜봐야 하는 피붙이로서의 의무였고 가슴 저린 권리였다.

날이 따뜻하였다. 사월 초파일, 그날 아침에 난 머리를 감았다. 다 감고 수건으로 물기를 털 때, 엄마가 다급하게 불렀다. 제비꽃이 지고 있었다.

할머니가 보고 싶을 때 거울을 본다. 내 얼굴에 남기고 간 할머니 모습을 찾아본다. 어쩌면 난 자꾸 할머니를 닮아 가는지.

    현풍 곽씨. 이름은 소순. 천안 낭골에 친정이 있던, 말씨는 차분하고 싫은 말 못하던 분. 키가 크고, 호리호리하고, 한복치마에 허리띠 둘러 단단히 묶고 계시던 분. 동그란 이마는 시원하고, 눈이 크고 깊으며, 코는 좁고 높으며, 인중이 길고, 입매는 도톰하고, 숱 많은 머리, 가운데 가르마로 쪽찌고 다녔던 여인. 일찍 청상이 되었고, 전쟁 중에 끌려간 큰아들 내외의 생사도 모르고 사셨다. 가난한 막내아들네서 조용히 살다간, 설움 많던 여인.

    그래도 마지막까지 정신 한 올 놓지 않고 꼿꼿했던 할머니. 지금쯤 할머니 무덤가에도 제비꽃 한 송이 피어 있겠지.

날 닮지 않아서 다행

　아이들은 나를 닮지 않았다. 성격은 커봐야 알겠지만 외모는 닮은 곳을 찾기가 힘들다. 환상의 조합은 아니더라도 어느 부분은 닮기 마련인데 절묘하게 비껴갔다.

　멘델의 유전 법칙으로 치자면 2세대는 모두 우성인자만 발현되므로 남편의 외모를 닮은 아이들이 나온 것은 곧 남편의 유전형질이 우성이고 나의 유전형질은 열성이라는 유쾌하지 않은 결론이 나온다. 기가 막힌 일이다. 근무 태만한 나의 DNA를 원망해 보지만 이미 만들어진 걸 어쩔 수 없다. 법칙대로라면 3세대에서 나의 외모가 4분의 1 확률로 나올 것이므로 그 편에 희망을 걸어보는 수밖에 없다.

그러나 이 법칙이 그리 나쁘지만은 않다. 왜냐하면 이것만은 유전되지 않았으면 하는 것이 있기 때문이다. 겁 많고, 무섭고 잔인한 영화 못 보고, 싫은 내색 못하는 것은 대물림 되지 않았으면 한다. 그리고 한 가지가 더 있다.

일등도, 이등도 바란 적이 없었다. 꼴찌만 아니면 영혼이라도 팔고 싶었다. 내 열등감의 근원은 달리기였다. 보는 사람마다 달리기를 잘하게 생겼다고 했지만 난 달리기를 아주 못한다. 운동회 날이 일 년 중 제일 싫었다. 대여섯 명 뛰는 중에 항상 꼴찌였다. 달리기만 못한 것이 아니다. 모든 체육 시간은 내게 공포의 시간이었다. 뜀틀, 매트, 철봉. 체육 시간이 되면 내 심장은 터질 듯 뛰기 시작했다. 무엇 하나 잘하는 종목이 없었다.

노는 것도 잘하지 못했다. 고무줄놀이, 사방치기, 땅에 금 그어 놓고 하는 놀이도 할 줄 몰랐다. 심지어 공기놀이도 항상 졌다. 예나 지금이나 몸으로 하는 건 영 소질이 없다. 다른 것은 못해도 달리기만은 잘했으면 좋겠는데 몸은 언제나 내 마음과 따로 놀았다.

개인별로 100미터 달리기를 하는 체육 시간이었다. 한 사람씩 뛰어서 몇 초에 들어오는지 시간을 쟀다. 예상대로 난 거의 20초에 들어왔다. 그러자 반에서 달리기를 잘하는 남자애가 내 흉내를 내며 아이들을 웃기고 있었다.

"어쩜 그렇게 느리냐?"

그 애는 속으로만 좋아하던 남자애였다. 열등감과 교차했던 그때의 모멸감을 아직도 기억한다. 낡아서 너덜너덜해졌지만 지금도 또렷한 기억들. 아마도 오학년이나 육학년 때였을 것이다.

초등학교를 졸업한 후에야 그런 것은 아무것도 아니라는 걸 알게 되었지만 당시에는 꽤 심각한 열패감에 시달렸다. 남들 앞에 나서지 못하고 부끄럼 많이 타는 성격도 그 때문에 생겨난 것인지도 모른다.

그러나 내 인생에도 반전은 있다. 큰아이나 작은아이 모두 달리기를 잘한다. 둘 다 운동회 때 계주를 뛰기도 하고 일등 도장도 손목에 받아 와 내민다. 나는 이런 아이들이 그저 신통방통하다. 달리기만큼은 날 닮지 않아서 얼마나 다행인지 모른다.

사랑합니다

　날 사랑한다는 이가 엄청 많다. 통신사, 전자제품 업체, 대형 마트 같은 곳이 날 사랑한단다. 전화기 너머의 말소리는 애인의 속삭임보다 달콤하다. 무턱대고 사랑한 다고 하지만 나의 특정한 무엇을 사랑하는 것 같다.

　너무도 쉽게 사랑이란 말을 한다. 갈증 나면 언제든 사 먹을 수 있는 음료수 같다. 너무 흔하고 쉬워서 오히려 식 상하다. 하품하며 '물 한잔 줘' 하는 것처럼 '사랑해요' 라고 심드렁하게 말하는 사회에 살고 있다. 차라리 그냥 이렇게 말하는 건 어떨까?

　"고객님, 당신이 가진 그 돈을 사랑합니다. 당신의 돈을 우리 제품을 사는 데 쓰면 우리 회사는 아주 잠깐 동안만 당신을 사랑할게요. 당신이 제품을 사서 결제하는 그 순간까지만 말입니다."

영리를 목적으로 하는 곳이 아니어도 사랑한다는 말을 즐겨쓰는 곳이 있다. 요즘은 학교나 공공기관에서도 '안녕하세요' 대신 '사랑합니다'라는 말을 쓴다. 선생님을 보면, 친구를 만나면 '사랑합니다'라고 해야 하는 것이다. 우리 고유의 아름다운 인사법을 두고 엄연히 의미가 다른 말을 쓰라고 한다.

이런 언어 파괴를 장려하는 학교가 의외로 많다. 그 아이들이 자라면 지나는 사람과 인사를 할 때도, 회사에서 상사나 동료를 만나도 '사랑합니다' 할 것이다. 그러다가 이성 간에 인사를 하거나 모르는 사람들이 인사를 한다면 뺨을 맞는 일이 생길 수도 있지 않을까?

《프린들 주세요》란 책이 있다. 초등학생 주인공이 볼펜을 '프린들'이라 부르자고 아이들과 약속을 한 일로 시작되는 에피소드가 꽤 재미있는 책이다. 몇몇 사람이 이러이러하게 말을 바꾸자고 약속을 한다고 말이 바뀌는 것은 아니다. 제발 유치하게 이런 말장난 같은 것 하지 말았으면 한다. 참 마음에 들지 않는 인사법이다.

내게 있어 사랑이란 입으로 하는 것이 아니다. 피붙이의 오줌을 받아 내는 손에 떨어진 눈물 한 방울, 힘내라고 내미는 직장동료의 커피 한 잔, 음료수 한 병 사는 건 아까워도 늙고 투박한 손으로 손자에게 쥐어 주는 만 원 한 장. 이것이 사랑 아닐까?

내가 정의하는 사랑은 명사가 아니라 동사다. 누구는 사랑을 움직이는 것이라고 했지만 나는 몸으로 보여 주는 것이 사랑이라고 생각한다. 차라리 남녀 간의 육체적인 애정이 더 진정성이 있다. 고상하게 말로만 하는 사랑은 그야말로 집어치워야 한다. 사랑한다면 입증을 해야 한다. 예를 들면 몸으로 보여 주어야 하고 돈으로 밥을 사 주고 목걸이를 사 줘야 한다.

돈으로 사랑을 환산할 수 없다고 하지만 돈이야말로 사랑을 입증할 수 있는 가장 효율적인 수단이다. 왜냐하면 돈은 그 사람의 땀과 눈물로 얻어진 것이기 때문이다. 그 사람의 땀과 눈물로 만들어진 것이 가치 있는 선물 아닐까?

만약 상대에게 돈을 받는다면 그건 돈이 아니라 상대의

피요, 눈물이요, 땀이라고 보아야 한다. 특히 가족에게 받는 돈은 더욱 그러하다. 어떤 사람이 한 달 힘들게 번 돈을 전부 다 갖다 줄 수 있을까. 가족이 아니라면, 사랑이 아니라면 그럴 수 없다.

사방에 물이 있어도 바닷물이면 목말라 죽고, 사랑이 지천으로 있어도 진실 아니면 마음이 갈증으로 죽는다. 진실이 아니고 성심이 아닐 때 말은 경박해지고 사람은 우스워진다. 여기저기 굴러다니는 말뿐인 사랑이 넘쳐난다면 우리는 그 말대신 다른 말을 만들어 내야 할 것이다.

내게 사랑은 시처럼 고상하지도 않고 우아하지도 않다. 구질구질하면서 아프고 저리며 구체적이다. 사랑한다는 말을 너무 쉽게 쓰는 요즘, 한마디 하고 싶다.

"사랑, 낭비하지 말고 저축해 둡시다."

남편에게 복수하는 방법

　　이 사람 아니면 죽을 것 같아 결혼한 남자가 내 편이 아니라 남의 편이라는 걸 깨달을 때가 있다. 갖은 반대와 구박 속에 친정 식구를 등지고 사랑을 선택했는데 정작 남편은 시댁 일이라면 가진 것 전부, 아니 목숨까지 내어 줄 판이다. 도대체 누구와 결혼했는지 모르겠다.

　영혼은 시댁에 빼앗기고 남편의 몸만 안고 있는 자신을 발견할 때 아내들은 좌절과 분노를 느낀다. 그리고 복수를 생각한다. 복수를 하면 배신의 고통에서 벗어날 수 있을까? 여기 단계별로 남편에게 복수하는 방법 다섯 가지가 있다.

첫 번째, 건강하게 만들어 필요할 때 요긴하게 써먹자. 어차피 남편의 영혼은 시댁에 가 있다. 부모 자식 간을 뉘 라서 갈라놓을 수 있을 것인가. 그쪽에 가 있는 영혼을 발 동동 구르며 바라볼 필요 없다. 내 손에 남은 것이라도 챙 겨야 한다.

남편의 몸은 어찌 되었건 내 것이다. 복수하려면 이걸 잘 써먹어야 한다. 치밀하게 남편을 머리부터 발끝까지 잘 써먹어라. 못 박는 일이나 전구 가는 일, 하다못해 장 을 보는 일도 체력이 좋아야 시킬 수 있다. 그러려면 우선 남편을 잘 먹여야 한다. 써먹으려 해도 병약하면 복수 같 은 것도 소용없다. 건강보조제나 보약으로 기를 보강해 주는 것은 물론이고 집에서 먹는 식사도 신경 써야 한다. 먹는 것부터 정성을 들여야 완벽한 복수를 꿈꿀 수 있다.

두 번째, 시부모를 역이용해 남편을 부리는 것이다. 평 소 주말이면 낮잠을 자거나 텔레비전 시청을 즐기는 남편 이 견딜 수 없이 미워진다. 이불째 돌돌 말아 중고 센터에 던져 버리고 싶은 마음이 굴뚝일 것이다. 아이들은 어디 든 나가자고 조르고 하루 세 끼 꼬박 차리자니 종일 부엌 에 있게 된다. 바람도 쐴 겸 어디 나가서 외식이라도 하고 싶다. 이럴 때 시부모님을 모시고 외식하자고 남편을 졸라보자. 요즘 어머니가 입이 껄끄럽다 하신다고 말끝을 흐리면 십중팔구 벌떡 일어날 것이다. 가까운 곳에 있는 유명 맛집을 가보자. 시부모님도 좋아하고 아이들도 신날 것이다. 식사 후 근사한 커피숍에서 커피를 사 드린다면 금상첨화다.

시댁이 지방이라면 여행을 생각해 보자. 여행 일정에 시댁 가기를 맨 나중 일정으로 집어넣는다. 돌아오면서 된장이나 참기름도 얻는다면 일석이조다. 아이들에게는 조부모와의 유대감을 갖게 하고 유년의 기억이라는 재산을 만들어 줄 수 있다. 시부모에게는 며느리에 대한 신뢰감을 줄 수 있다. 만약 당신의 새빨간 효심을 눈치 챘다고 해도 자신의 부모를 즐겁게 해 주는 아내를 나무랄 남자는 없을 것이다. 다녀온 후에는 피곤하다고 엄살을 부려라. 자동으로 남편이 다리를 주물러 주고 청소를 해 주거나 음식물 쓰레기를 버려 줄 것이다.

세 번째로 남편에게 복수하는 방법은 남편 등골을 빼는 것이다. 일단 칭찬을 하라. 칭찬을 하면 사기가 오르고 가족을 위하여 더 열심히 일을 하게 된다. 칭찬을 할 때는 남편이 옆방에 있을 때 아이들에게 한다. 아이들에게 아빠가 얼마나 좋은 아빠인지를 얘기한다. 방에 있는 남편이 들을 수 있게 한다. 너희 아빠는 이런 모습이 훌륭하더라 하면서 아이들이 아빠를 존경할 수 있도록 유도한다. 남편에게는 칭찬보다는 고맙다는 말을 많이 사용한다. 칭찬한다는 것은 상대방을 평가한다는 느낌이 들게 한다. 그러므로 직접 말할 때는 이러이러한 점이 고맙다고 말한다.

칭찬이나 감사의 말은 그 이상의 파급효과를 낸다. 이런 말을 들을 때 남자들은 가족에 대해 강한 책임감을 느낀다. 남편으로 하여금 몸이 부서지는 한이 있어도 가족을 위해 살아야겠다는 마음을 갖게 한다. 부작용으로 잘난 척을 할 수도 있지만 도를 넘지 않는다면 괜찮다. 동기를 부여해 허리 휘어지게 돈 벌어 오게 하고 집에서 요모조모 잘 쓰면 된다. 그게 진정한 남편 등골 빼는 일이다.

물론 아내들 마음 다 안다. 칭찬할 '꺼리'가 없다는 거. 그럴 땐 외모라도 훌륭한 구석을 찾아보라. 정 없으면 발가락이라도 잘생겼다고 하면 된다.

네 번째는 남편을 고문하는 방법이다. 퇴근한 남편은 저녁을 먹고 나면 바로 쉬고 싶어 한다. 낮 동안 쌓인 피로와 스트레스를 술로 풀거나 잠으로 푼다. 이때를 놓치지 말고 풀서비스를 해 주겠다고 나서라.

먼저 얼굴 마사지를 해 준다. 마사지 크림을 바르고 능숙하게 문질러 준다. 볼은 살짝 때리듯 튕겨 준다. 그리고 조금씩 강도를 높인다. 몇 번 하다 보면 손에 재미가 들린다. 찰싹찰싹 때릴 때마다 내게 서운하게 했던 적을 생각해 보라. 묘한 쾌감이 흐를 것이다. 표정은 프로 마사지사처럼 진지하게 보여야 의심을 하지 않는다. 관자놀이와 머리도 지압해 준다.

그 다음은 몸이다. 엎드려 눕게 한 후 허리에 올라탄다. 등과 어깨부분은 근육이 가장 잘 뭉치는 부위다. 이곳을 지긋이 눌러주고 마사지해 준다. 이때도 역시 전문가로서의 위엄을 보여야 한다. 근육이 뭉친 부분이 있으면 사정없이 눌러라. 남편은 비명을 지르고 자지러질 것이다. 그러나 물러서지 말고 더 잔인하게 근육이 뭉친 부분을 찾아내 누르고 문질러 마사지해야 한다. 다리도 마사지를 하는데 발부터 조물조물 주무르면서 시작한다. 발목은 양쪽 엄지손가락을 한데 모아서 쥐고 꼭꼭 눌러준다. 발목에서 무릎으로 올라가다 보면 아픈 곳에서는 신음 소리가 나온다. 이때를 놓치지 말고 그 부분을 강하게 누른다. 그는 사지를 틀면서 고통을 호소할 것이다.

조심할 것은 행여 동정심이 발동해서 중단하는 일이 없도록 해야 한다. 탄력 잃은 다리나 늘어진 뱃살을 볼 때 약간 서글퍼질 수 있다. 젊었을 땐 백마 탄 왕자처럼 늠름했었는데 아이가 커감에 따라 조금씩 남편이 작아 보인다. 그래도 절대 약해지지 마라. 얼마나 애를 먹이던 남편이던가. 내가 필요할 땐 부재중이고 바쁠 땐 도와주지도 않았다. 속에 쌓였던 분을 두 손에 모아 알뜰하게 고문해보자. 남편은 피로한 육체를 고분고분 맡길 것이다. 손길하나하나에 지옥과 천국을 오갈 것이다. 얼굴은 온화한 미소를 잃지 말아야 한다. 표정관리 못해서 속내를 들킬수도 있으니까. 가끔 '여기에 근육이 뭉쳐서 아픈 거야. 이걸 풀어 줘야 해' 하는 말도 잊지 않고 해야 한다. 온몸을 다 할 필요는 없다. 한 군데는 남겨두어라.

마지막 복수는 구체적으로 말하지 않겠다. 이쯤 이야기했으면 무엇이 남편에 대한 복수가 될지 십 년 이상 살아본 아내들은 알고도 남을 것이다. 남겨둔 아주 특별한 부위의 마사지는 예약하라고 넌지시 귀에 대고 속삭이는 것이다. 아마 매일 밤 자청해서 고문을 받겠다고 할지 모른다. 명심할 것은 마지막까지 확인 사살하는 걸 절대 잊어선 안 된다.

이렇게 복수를 해도 속이 시원치 않고 남편이 달라지지 않는다면 그때는 갖다 버려라. 이런 고문에도 교화되지 않는 자라면 깨지거나 이미 금이 간 그릇일 가능성이 높다. 사랑을 부어도 다 새고 만다.

나를 잊은들 어떠랴

예쁘지도, 특별하지도 않은 이름을 알고 있다. 부르면 여자들 한두 명은 뒤돌아보는 흔하디흔한 이름. 같은 동네에 살면서 같은 학교를 다녔다. 웃기고 재미난 말만 했었다. 마치 튀는 공처럼 유쾌했다. 그러니까, 그 애를 만나면 사는 게 간단해졌다.

아이답지 않게 농담처럼 담담하게 진담을 했다. 눈 밑으로 엷게 흩어진 주근깨가 귀여워 보였는데 본인은 엄청 싫어했다. 몸집도 작아 나이보다 한참이나 어려 보였다. 단발머리 나풀대던 열다섯에도 국민학생이냐고 물으면 '딱 부러진 서른'이라고 힘주어 말하곤 했었다.

서른이 되었어도 그 애는 어려 보였다. 동안으로 친구들의 부러움을 샀던 그 애. 그런데 그 애가 사라졌다. 전화를 걸어도 없는 전화번호라는 기계음만 반복되었다. 연하의 남자를 만나 함께 떠났다는 소문만 남기고 어느 날 갑자기 그 애는 그렇게 없어졌다.

사라진 그 애를 우리는 이해할 수 없었다. 어떻게 모든 걸 다 놓고 없어질 수 있는지. 일이 년이 지나면 다시 나타날 줄 알았다. 오 년이 지나서는 연락이라도 올 줄 알았다. 십 년이 지나도 그 애는 나타나지 않았다.

어느 날은 중학교 동창에게서 연락이 왔다. 그 애를 좋아했던 남자애였다. 키가 커다랗던 남자애는 그 애 앞에서 언제나 수줍어했다. 목마른 우리에게 분홍색 딸기 우유를 건네던 그. 그는 등산복을 입은 배 나온 아저씨가 되어 있었다. 그가 카카오 톡으로 내게 물어온 것은 그 애의 소식이었다. 연락이 없냐고, 너는 알 것 같아서 물어봤다고.

그런 날은 우울했다. 잊고 지내다 불쑥 튀어나오는 그리움에 원망이 일었다. 서운했다. 그렇게 가벼웠었나 싶었다. 몇 달 되지 않는 풋내기 연정에 십 년 넘은 우정이 울었다.

행복해지고 싶은 날 팬케이크를 굽는다

그 애를 만나는 꿈을 꾸었다. 보고 싶었다. 서운함보다 그리움이 더 크게 차지하고 있었다. 나야말로 우정이 무엇인지 모르는 풋내기였다.

어쩌면 죽을 때까지도 만나지 못할지도 모른다. 당돌한 자존심과 여린 감성만 내 기억에 남겨둔 채 내게 나이든 모습을 절대로 보여 주지 않을 것 같다.

그 애의 나이 든 모습을 상상할 수 없다. 얇은 눈꺼풀에 큰 눈. 도톰한 입술. 웃으면 엷게 퍼진 주근깨가 귀여운 그 애. 내게는 언제까지나 단발머리 나풀대는 열다섯 소녀로 남아 있다.

나를 잊은들 어떠랴. 내가 기억하는데. 어떻든 행복해라. 어린 남자를 데리고 살든 늙은 영감을 모시고 살든 행복하기만 해라. 제발.

그런 이름이 있었다.

부르면 툭, 하고.

눈물이 쏟아질 것 같은.

열다섯 내 친구.

물가의 아이

    나를 빤히 올려다보는 이름이 있다. 부르면 천천히 다가와서 나를 보는, 가만히 눈 감고 불러 보면 가슴이 아린 이름. 푸른 물이 스멀스멀 배어들 것 같은 슬픈 이름. 커다란 눈망울에 '언니' 하며 부를 것 같은 그 아이.

    연하는 어릴 적 우리 집에 세 들어 살던 부부의 아이다. 부모님은 푼돈이라도 써 볼 요량에 세를 놓았다. 막노동 판에서 일하는 구순열을 가진 남자와 예쁘게 화장한 여자가 남매를 데리고 들어왔다.

    그들 부부는 자주 싸웠다. 남자아이의 이름은 기억이 나지 않는다. 똘똘해 보이는 오빠와 다르게 연하는 좀 덜

되어 보였다. 커다란 눈망울엔 겁이 잔뜩 들어 있었고 줄줄 흘러내린 콧물이 인중에 그대로 붙어 있었다. 씻기지 않아서 그렇지 꽤 예쁜 얼굴이었다. 그 아이는 항상 꾀죄죄한 모습으로 징징 우는 때가 많았다. 그들은 한 일 년쯤 살다가 다른 곳으로 가버렸다.

연하 이야기를 들은 것은 훨씬 나중이었다. 우리 집에서 나간 이후로 그들은 이혼을 했다. 연하 엄마는 아들만 데리고 가버리고 건축현장에 일하러 다니는 아빠가 연하를 길렀다. 초등학교 들어갈 나이도 아니어서 아빠가 일하러 나가면 연하는 혼자 놀았다.

그러던 어느 날 그 애가 물에 빠져 죽었다. 집이 몇 채 되지도 않는 산속 마을에, 하필이면 웅덩이가 있는 곳에 세를 들었다 한다. 언제 죽었는지도 모른다 했다. 그 아이 나이가 다섯 살인가 여섯 살이었다.

이름을 부르면 보지 않아도 보였고 옆에 없어도 느껴졌다. 인형도 없는 차가운 셋방, 밥그릇에 말라붙은 라면 가닥은 언젠가 들어가 보았던 그들의 방 안 풍경이었다. 아무도 없는 산길에서 공사장에 나간 아빠를 기다리는 배고픈 아이 모습이 보였다. 물에 빠져 죽지 않더라도 얼마든지 다른 이유로도 죽을 수 있었다.

　대상이 불분명한 분노도 가라앉았다. 그러나 모두의 무관심 속에서, 차가운 물속에서 죽어야 했던 그 아이를 생각하면 무언가 치밀고 올라온다. 세상은 어린 생명들한테 매우 가혹하다. 그러기에 부모의 역할이, 보호자의 역할이 중요하고, 개인이 못한다면 국가가 나서야 마땅하다.

　지금도 눈물이 맺힌 커다란 눈망울이 자꾸 밟히는 날이 있다. 그런 날 꿈을 꾼다. 푸르고 깊은 웅덩이 가장자리에 슬픈 눈으로 서 있는 작은 아이.

등산

　비 내리는 날 아침이었다. 뒷산에 올랐다. 뒷산이라고 우습게 볼 산은 아니었다. 산이 낮게 보여도 제법 높고 험했다. 한 시간을 힘들게 올라갔다. 그런데 정상에서 기다리는 것은 적막함과 쉴 만한 의자 몇 개, 그리고 까마득한 아래를 내려다볼 수 있는 조망이 있을 뿐. 힘들어서 중간에 포기하고 싶었던 것을 참고 올라간 것에 대한 보상은 단지 그것뿐이다.

　조금은 실망스러운 등산이었다. 뭔가 뿌듯하고 장엄한 어떤 풍경이 있지 않을까 했던 마음이 민망했다. 왜 사람들이 산을 오르는지 모를 일이었다.

전망대 망원경으로 산 아래를 보았다. 빨간 지붕의 우리 집이 어디에 있는지 찾아보았다. 아파트가 있고 주택들이 모여 있는 곳에 장난감처럼 보이는 우리 집이 있었다. 모든 것들이 까마득하게 작았다. 우리 집은 그 마을의 어느 작은 일부분이었다. 놀이터도 보이고 아주 작게 자동차들도 보였다. 마치 소인국을 내려다보는 걸리버가 된 것 같은 기분이었다.

우리 집과 마을, 마을을 돌고 있는 도로, 그 도로를 따라 이어지는 다른 마을들. 그런 마을들을 둘러싸고 있는 산들. 시야를 벗어나는 도로와 산들과 하늘. 내가 있는 지점, 그 위에서 본다면 나도 하나의 점으로 보일 것이라는 생각으로 치달았다. 나는 고작 하나의 점일 수도 있는 것이었다.

어느 입시 설명회에 갔었는데 사회자가 문제를 냈다. 예전에는 에베레스트 정상을 정복한 사람이 몇 명 되지 않았지만 최근에는 아주 많다. 그 이유는 무엇인가? 그는 결정적인 이유를 베이스캠프에 있다고 했다. 사람들은 예전보다 베이스캠프를 더 높은 곳에 세운다고 한다.

베이스캠프로부터 정상까지의 거리가 짧아질수록 정상

에 오를 가능성이 높아진다. 그래서 정상에 오르려면 자신의 기본기를 좀 더 높이 올려놓고 정상을 향해 가는 것이다. 그는 대학이든 성공이든 자신이 정한 정상의 고지를 달성하려면 열심히 공부해 자격을 갖춰 놓으라고 한다. 사람들이 생각하는 정상은 각기 다를 수 있어도 기본 실력을 닦아 놓은 후에야 정상으로 가는 거리가 짧아질 수 있다는 것이다.

아는 만큼 보인다고 했던가. 세상은 내가 올라간 높이만큼 보인다. 산 중턱에 이르면 중턱 아래로는 보여도 더 먼 곳이나 반대편 쪽은 보이지도 않는다. 그러나 산 정상에 오르면 어느 방향이든 세상이 다 보인다. 이쯤 되면 아마도 세상의 이치를 꿰뚫어 볼 수 있지 않을까.

한 점에 지나지 않는 나는 언제쯤 세상이 다 보이는 곳에 있을까? 어설프게 마을 뒷산 한 번 오르고 유난스런 호들갑인지 모르나 등산과 삶이 비슷한 길이라는 생각이 들었다. 마을 뒷산에서 지금과 앞으로의 삶을 생각해 보았다. 나는 지금 어디쯤 와 있는 걸까?

도둑맞아도 괜찮을 것들

　　몇 년 전 일이다. 산책 나간 사이 창문을 통해 도둑
이 들어 패물을 모두 훔쳐 갔다. 대단한 것은 아니지만 아
깝기도 하고 무섭기도 했다. 그 일이 있고 나서 누구도 내
게 반지나 목걸이를 선물해 주지 않는다. 필요할 때 내가
직접 사야 한다. 그 후 아끼는 것들을 도둑맞지 않게 할
수 있는 방법이 없을까 고민하게 되었다.

　　그때부터 사는 방법을 바꾸기 시작했다. 소 잃고 외양간
을 고치는 대신 소를 아예 사지 않기로 했다. 훔쳐 갈 수
있는 것보다 훔쳐 갈 수 없는 것에 투자를 했다. 반지를
훔쳐 갈 수는 있어도 지식이나 경험, 지혜는 아무도 훔쳐

갈 수가 없으니까 말이다.

나는 보석이나 명품 액세서리를 사는 것보다 아이들과 여행을 계획하고, 시간을 내서 공연이나 전시회를 가는 것이 더 재미있다. 아이들이 커서 세상에 자신의 영역을 만들어 놓을 때까지 되도록 함께 많은 시간을 보내고 싶다. 물론 어디든 가는 걸 좋아하는 탓도 있지만 몸을 움직여서 터득한 것은 평생 잘 잊히지 않기 때문이다.

어릴 때 아버지의 외가를 몇 번 갔었다. 그 마을은 누런 흙으로 지어진 담배 건조장이 있었다. 어린 나는 그 작은 집에 도대체 사람이 살 수 있을까 궁금했었다. 낮은 담을 끼고 돌면 대문이 있었는데 거기가 할머니의 오라버니 집이었다. 그 대문 나무 문턱을 넘으면 바닥이 움푹 들어간 아궁이가 있었다. 네모나게 파인 아궁이는 내가 그 집을 찾을 수 있게 하는 단서였다. 마루 뒤쪽으로는 뒤뜰이 있고 거기에 조릿대가 많이 자라고 있었다. 할머니를 기억할 때 그 낭골 외가가 떠오른다. 낭골은 충청도에 있고 조릿대는 주로 충청도부터 그 아래 지방에서 잘 자라는 나무라는 것을 자연스럽게 유추할 수 있었다.

나는 고등학교 때 지리과목을 좋아했다. 담임 선생님

과목이기도 했지만 가끔 내가 아는 사실들이 간간이 나와서 더 흥미롭기도 했다. 충청도가 담배 재배 지역인 것을 쉽게 외울 수 있던 것은 어릴 때 천안에 가서 보았던 담배 건조장 때문이었다. 나는 사촌들과 그 마을 담배밭에서 숨바꼭질을 하며 놀았다. 잎사귀가 넓어서 작은 내 몸을 숨기기에 좋았다.

아이들과 이야기하는 것도 좋아한다. 여러 가지를 이야기할 수 있지만 함께한 경험에 대하여 얘기할 때 우리들은 더 즐거워진다. 언젠가 아이들과 태국의 칸차나부리에서 고생했던 이야기는 언제 꺼내도 재미있다.

일본인들이 연합군 포로와 태국인들을 혹사시켜 가며 만든 죽음의 철도를 탔던 날이었다. 우리는 자유여행을 가는 편이어서 주로 인터넷이나 책에서 정보를 구하거나 직접 사람들에게 물어보고 현지 교통을 이용한다. 그날도 리조트 프론트에서 죽음의 철도에 대한 정보를 얻어서 기차역으로 갔다. 갈 때는 리조트에서 준비한 뚝뚝을 이용했는데 돌아올 때는 어떤 교통편도 없었다. 영어를 알아듣는 사람도 없어서 물어볼 수도 없었다. 리조트에서 기차역까지 왔던 길을 기억해서 가는 수밖에 없었다.

우리는 오후의 뜨거운 햇빛을 고스란히 받으며 오직 머릿속에 저장된 지도를 생각하며 걸었다. 역에서 내려 리조트로 돌아가는 길은 죽음의 철도보다 더 지옥이었다. 다행히 우리의 방향감각은 꽤 쓸 만해서 그리 헤매지 않고 리조트로 돌아올 수 있었다. 그렇게 고생을 했지만 그 일은 태국 여행에서 빼놓을 수 없는 이야기 중 하나가 되었다.

난 아이들에게 많은 재산을 남겨줄 수 없다. 부자가 아닌 내가 남겨줄 수 있는 유산은 인문학적 소양과 아름다운 기억이다. 추억은 삶을 지탱하는 힘이 될 것이고 사는 동안 소멸되지 않고 별처럼 빛날 것이다. 가족과 지낸 따뜻한 기억이 인생의 양지처럼 아늑한 정서를 심어 주리라. 거기에 예술에 대한 감성과 지적 호기심, 이성적인 사고, 타인에 대한 배려를 가진 사람으로 성장한다면 더 바랄 게 없겠다.

이제 집에는 도둑이 훔쳐 갈 만한 것이라곤 없다. 낡은 가구를 훔쳐 갈 리는 없고 옷가지들도 마찬가지다. 손때 묻은 오래된 피아노도 그렇고 내 사춘기를 기억하는 책들과 그 이후에 사들인 책들은 불쏘시개도 될 수 없다. 남은 건 훔쳐 갈 수 없는 것들뿐이다. 훔쳐 갈 것이 없으니 근심도 없다. 사는 것을 즐기는 일만 남았다.

단 하나 훔쳐 갈 수 있는 게 남아 있기는 하다. 마음의 방문을 열어 두고 누군가 훔쳐 가길 바라고 있다. 오늘 립스틱 색깔이 근사하다고 말해 주는 사람. 인터넷에서 싸게 주고 산 티셔츠를 신나게 자랑해도 깔보지 않을 사람. 오히려 어디서 샀냐고 박수 치며 물어보는 사람. 비 오는 날 전화하면 나와서 같이 드라이브할 수 있는 사람. 그 차 안에서 에디트 피아프의 '라 비 앙 로즈La Vie En Rose'를 같이 들어줄 사람. 마음이 고플 때 생크림 잔뜩 들어간 파스타를 같이 먹어 줄 사람. 그리고 나와 같은 곳을 바라보는 사람. 그런 사람이 내 마음을 훔치려고 한다면 기꺼이 도둑맞을 준비가 되어 있다.